KB122038

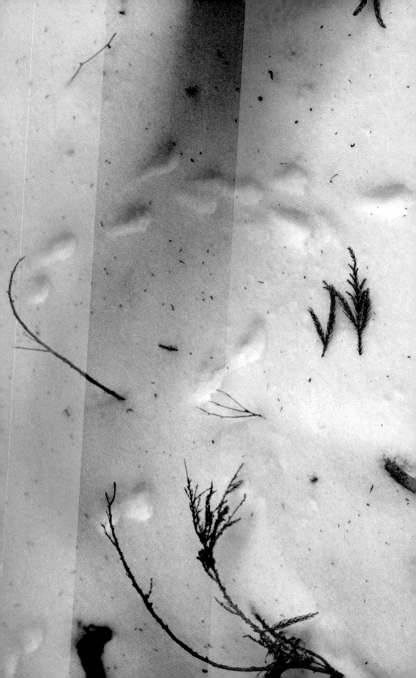

계절은 노래하듯이

계절은
노래하듯이

오하나 지음

ㅂ창비
Media Changbi

차례

초대

윤석, 하나!

같은 하늘 아래에서 올해도 성탄절을 맞게 돼 행복하다.

작고 조용하게, 그러나 높고 위대하게

우리의 친구로 이 땅에 오신 예수님이

너희를 그 축제에 초대하신다.

꼭 참석해 그분이 주시는 참 평화를 누리거라. 사랑한다.

2020년 성탄절

할아버지가

매년 성탄절이 돌아오면 잊지 않고 카드를 보내주시는 강병수 할아버지. 나는 결혼 전에 지금의 남편과 함께 딱 한 번 할아버지를 찾아뵌 적이 있다. 눈동자와 목소리가 깨끗한 어른이셨다. 말씀을 밝고 간결하게 하셨고 우리 이야기도 잘 들어주셔서 함께 있는 시간이 즐겁고 편안했던 걸로 기억한다. 남편이 어릴 때 할아버지가 노래를 가르쳐주셨다고 한다. 간단한 찬송가를 일러주셨으려나. 그때 그 꼬마가 자라 음악을 만들어 세상에 나누고 노래하는 사람이 되었다. 이제와 생각하니 할아버지는 꼬마 음악가의 가슴에 멜로디와 화성을 불어넣어준 음악 천사였던 거다.

감사한 마음을 담아 농원에서 제일 맛있어 보이는 귤을 조금 보내드렸다. 이제 정말로 귤나무에 귤이 몇 알 남지 않았다. 2019년에는 농사가 풍년이라 8톤 넘게 귤을 수확할 수 있었다. 친구들과 합심해서 따고 선별하고 포장한 뒤 우리 귤을 원하는 분들께 모두 떠나보냈다. 사계절이 뒤죽박죽 섞인 듯한 일 년의 날씨를 견디면서 깊고 알찬 맛의 자식을 낳아준 귤나무에게 그저 고마울 따름이다.

크기가 크고 모양이 울퉁불퉁하고 껍질이 두꺼워서 시장에서는 받아주지 않는 귤도 '들쑥날쑥 귤'이라는 애칭을 붙여 경제적인 가격에 판매하고, 수익금은 전부 세계자연기금(WWF)에 보내는 일도 처음 해보았다. 기후변화로 힘들어하는 동식물과 지구에게 우리의 수익을 조금이라도 되돌려주자는 남편의 속 깊은 한마디에서 시작되었는데, 많은 분이 '들쑥날쑥 귤'을 반기고 찾아주셔서 잘 마무리되었다.

정신없이 귤을 따서 보내고 한숨을 돌릴 때쯤 새해가 찾아왔다. 새해엔 눈이 자주 내리길 간절히 빌었는데 소원대로 제주 기상청에서 대설주의보를 알렸다. 눈이 내리면 귤을 함께 수확했던 동원 씨, 시내 씨와 자기들이 아는 곳으로 썰매를 타러 가자고 약속했었다.

하나 언니! 새해 복 많이 받으세요! 올해도 설레고 즐거운 일 가득하길 바랄게요. 여름에는 바다에서 숲에서 함께하는 날들도 만들어봐요. 오늘 볼 수 있으면 보고요! 저희는 방금 도착했어요!

시내 씨가 한라산 서쪽 사면(斜面)의 어딘가를 가리키는 지도를 첨부해서 문자 메시지를 보냈다. 함께 사는 강아지 보현과 눈밭에서 같이 마음껏 뛸 수 있겠다는 생각을 하자 가슴이 두근거렸다. 단단하게 차려입고 약속 장소로 달려

갔다.

눈이 내리면 바로 녹아서 사라지는 바다 마을과는 달리, 산간 도로에 들어서자 거짓말처럼 설원이 나타났다. 새하얀 눈이 길가에 20센티미터는 넘게 쌓여 있었다. 늘푸른나무에도 눈꽃이 피고 먼 산의 산맥 사이사이에도 흰 눈이 내려앉아 백호랑이의 등처럼 변했다. 순식간에 강원도 산간으로 넘어온 듯한 착각이 들었다. 약속 장소가 가까워지자 갓길에 승용차가 줄지어 서 있었다. 이미 많은 사람들이 알록달록한 썰매를 타고 눈 덮인 언덕을 내려오고 있었다. 어묵 차도 와 있고 한쪽에선 썰매를 대여 중이었다. 썰매 명소로 와버린 것이다.

산마루에 동원 씨와 시내 씨가 조그맣게 보였다. 우리는 손을 흔들면서 꼭대기로 올라갔다. 발이 눈밭에 푹푹 빠졌다. 사람들을 피해서 목줄을 슬쩍 풀어주자 보현이 토끼처럼 깡충깡충 뛰면서 즐거워서 견딜 수 없다는 듯이 "멍멍" 하고 짖었다.

"사람 많은 데서 어디 개를 풀어놔요? 예의 없이."

아저씨에게 따끔하게 지적받은 우리는 죄송하다고 말씀드리고 다시 보현의 목줄을 채워서 고개를 넘어 언덕 뒤편으로 내려갔다. 북적거리는 썰매장을 벗어나자 조용한 눈밭과 숲이 나타났다. 눈 고양이를 만들고 있던 동원 씨가 가까이 다가오더니 미안해하며 말했다.

"주말이라 그런가. 이렇게 사람이 많을 줄은 저희도 몰랐어요."

"아니에요, 아니에요. 새해 첫날에 눈을 밟아본 것만으로 기쁜걸요."

우리는 번갈아가며 눈으로 공을 만들어서 보현 너머로 던졌다. 보현이 "왕!" 하고 크게 외치며 눈 공을 쫓아갔다. 먼 숲에서 "컹!" 하는 메아리가 되돌아왔다(보현의 목소리일 텐데 낮고 날카롭게 바뀌어 꼭 낯선 짐승의 대답처럼 들렸다). 공은 눈밭 위로 툭 떨어져 부서지고, 보현은 어리둥절해서 주위를 두리번거리다가 우리에게로 되돌아왔다. 그 모습이 사랑스러워 몇 번이나 눈을 뭉쳐서 던져주고 보현은 매번 공을 찾으러 달려 나가고, 입으로 받고, 부수고, 아작아작

먹으려다가 이가 시린지 퉤퉤 뱉었다. 목덜미에 눈 뭉치가 포도송이같이 주렁주렁 매달렸는데 무겁지도 않은지 보현은 또, 또, 하고 애기처럼 졸랐다.

눈송이가 하나둘 나풀나풀 떨어져 내렸다. 그걸 본 남편이 아쉬운 마음을 감추지 못하고 중얼거렸다.

"녹음기를 갖고 올라올걸……. 눈 내리는 소리를 담고 싶었는데……."
"또 오면 되지. 눈은 또 내릴 거야."

우리는 친구들에게 고맙다고 인사하고 돌아왔다. 딱 한 번 썰매를 타고 미끄러져봤는데 재미있긴 했지만 곁에서 목줄을 한 채 신난 엄마를 바라만 보고 있을 보현이 신경 쓰여서 온전히 신날 수는 없었다.

다음 날 정오 무렵 우리는 삼나무숲으로 갔다. 안으로 들어서자 하얗게 빛나는 숲속이 보였다. 나무의 굵은 줄기에는 굵은 줄기만큼의 눈이, 가는 풀에는 가는 풀만큼의 눈이 공평하게 내려앉아 있었다. 공기가 상쾌하게 찼고 바람은 잠잠했다. 드문드문 새소리만 들려올 뿐 숲속 소리들이 눈 속에 갇힌 듯 고요하고 아늑했다. 보현의 목줄을 풀어줬다. 뽀드득뽀드득, 탓, 탓, 탓……. 달려 나간 보현이 눈 덮인 숲길에 마킹을 하자 유채꽃 색의 노란 쉬야가 하얀 눈 위에 사인처럼 남았다. 쉬야만이 아니다. 허리를 숙여서 눈이 만들어낸 캔버스를 살폈다. 점점이 흩어진 삼나무의 구과(毬果), 사철나무의 등자색 꽃받침이 조화로운 그림을 그려놓았다. 그러다가 보현의 발보다 작은, 이름 모를 동물의 발자국을 발견했다.

'누굴까?'

발자국은 등산로를 벗어나서 삼나무 사이로 총총히 찍혀 있었다. 열 걸음 앞에서 또 다른 발자국을 발견했다.

"노루 같은데?"

발굽 자국이 깊게 패인 모양에 남편과 눈을 맞추며 고개를 까닥까닥. 돌아오는 길에는 강낭콩만 한 귀여운 발자국이 쓰러진 삼나무 줄기를 용감하게 타고 넘은 흔적을 만났다.

'통나무를 넘어서 어디로 갔을까, 꼬마 친구는……'

서둘러서 제 갈 길을 가는 산짐승들의 뒷모습이 눈에 보이는 듯했다. 눈이 내리면 세상은 하얀 이불에 덮여 잠연하게 빛나는 줄로만 알았는데 반대로 고요하게 드러나는 것들이 있었다.

　　　작고 조용하게, 그러나 높고 위대하게
　　　우리의 친구로 이 땅에 오신 예수님이
　　　너희를 그 축제에 초대하신다.

숲속에 서 있으면, 할아버지 말씀 속 예수님이 지금 나를 둘러싼 모든 것으로 느껴진다. 나무, 풀, 돌, 이끼, 흙, 뿌리, 지렁이, 달팽이, 이슬, 빛, 꽃, 거미, 거미줄, 곰팡이, 버섯, 향기, 바람, 새, 씨앗, 구름, 하늘, 비, 눈송이…… 모두가 나의 신성한 친구들이다. 오늘 그들의 축제에 초대를 받아서 기쁘다.

　다가올 일 년이라는 빈 노트를 나는 무엇으로 채울까. 동물의 발자국을 따라가보는 일. 바람을 타고 여행 중인 씨앗을 골똘히 들여다보는 일. 매일매일 달라지는 하늘의 색과 구름 모양, 바람의 냄새를 눈치채는 일. 새를 바라보는 일. 나무와 함께 흔들리는 일. 감추어져 있지 않으나 작고 가만해서 지나치기도, 없다고 착각하기도 쉬운 것에, 하지만 각자만의 고유한 방식으로 높고 위대하게 세상의 자리를 차지하고 있는 존재에 마음을 기울이고 그들의 이야기를 전하는 일. 이야기를 전하기 전에 그들과 둘도 없이 소중한 시간을 보내는 일. 그런 일들로 채워진 노트는 훗날 나 자신에게 살아갈 힘으로 반드시 되돌아오리라.

　꼭 참석해 그분이 주시는 참 평화를 누리거라. 사랑한다.

　네, 할아버지. 감사합니다.

따뜻한 숨,
너그러운 마음

　연일 눈보라가 몰아친다. 반쯤 우박으로 변한 눈 알갱이
가 북서풍에 떠밀려서 창을 때리고 흔드는 소리에 잠에서
깨곤 한다. 우리 집은 지은 지 20년이 넘었다. 제주의 북서
쪽 바다를 면하고 있어서인지 창틀이나 외벽, 문손잡이 등
이 나이보다 낡아서, 겨울이면 금 간 벽과 벌어진 창 틈새로
거칠고 찬 북서풍이 '휘유 휘유' 휘파람을 불면서 드나든다.
카디건을 두르고 마루로 나가서 실내 온도를 확인하니 섭
씨 15도. 시각은 5시 30분. 어제는 14도까지 내려갔다. 뜨거
운 물로 보이차를 내려서 남편과 마주 앉아 음악을 듣는다.

어둑한 새벽에 잠에서 깨기 위해 우리가 주로 하는 일이다.

계절과 시간대와 기분에 맞춰서 음악을 고르는 데 뛰어난 선곡가인 남편이 오늘은 카탈루냐 출신의 트럼본 연주자이자 보컬인 리타 파예스(Rita Payés)와 클래식 기타리스트 엘리사베트 로마(Elisabeth Roma)의 앨범 『Imagina』를 틀어줬다. 스피커 너머로 텅 빈 공간에서 울리는 기타와 나지막한 목소리와 트럼본 소리가 들려온다. 어깨에 힘을 쭉 빼고 두런두런 친밀하게 대화해나가는 듯한 연주가 너무도 따뜻하고 포근해서 놀랐다.

알고 보니 두 사람은 엄마와 딸이었다. 엄마의 생일 선물로 구상한 작업을 발전시켜서 평소 둘이 아끼던 곡들을 지극히 사적으로 해석해 녹음한 앨범이라고 한다. 카탈루냐 지방의 자장가, 보사노바, 파두, 볼레로의 명곡이 리타 파예스의 긴 숨결을 타고 흘러나오는데, 트럼본 연주도 그렇고 목소리도 그렇고 피치가 조금씩 어긋나기도 하고, 음색은 흔들리고 갈라졌다. 정확하고 빈틈없이 완성된 연주와는 거리가 멀지만, 나는 그 불완전한 소리가 주는 푸근함에 오늘따라 무척 기대고 싶어진다.

귤 작업을 하다가 오두막에서 잠시 쉬던 때가 자연스레

떠올랐다. 화목 난로에 불을 지피면 작은 방 정도 되는 오두막 안이 금세 훈훈해지고 난로 곁에 앉은 친구의 볼은 사과처럼 '빠알갛게' 달아올랐다. 각자 싸온 차와 커피, 군고구마, 상처 난 귤 따위를 주섬주섬 꺼내놓고 나눠 먹는 사이에 손때 묻은 장갑과 작업복에는 삼나무 향이 뱄다. 춥고 고된 노동을 잠시 멈춘 시간. 오두막 벽에, 서로의 체온에 기대어 언 손발을 녹이던 시간이 며칠 전인데 벌써 아득한 추억이 됐다. 따뜻한 숨 같은 차와 음악 덕분에 한결 부드러워진 몸을 일으켜서 아침 식사를 준비하러 부엌으로 향한다. 음악도, 요리도, 사람의 말 한마디조차도 따뜻한 게 마냥 그립고 좋은 나날이다.

요 며칠 감귤을 잘못 받았다는 연락이 여러 번 왔다. 주문했는데 못 받았어요, 두 박스를 시켰는데 한 박스만 왔어요, 한 박스만 시켰는데 세 박스가 왔어요……. 실수가 하나, 둘에서 끝나면 그러려니 할 텐데 웬걸, 쌓이고 쌓여서 열 건도 넘게 실수한 걸 알았을 땐 할 말을 잃었다. 주문서를 펼치고서 멍청하게 눈만 끔벅끔벅했다.

실수한 주문들은 귤 작업 막바지에 몰려 있었다. 8톤에 가까운 귤을 따고, 포장하고, 보내고, 주문받는 일을 동시에 처리하는 나날을 열흘 가까이 보내고서 체력도 바닥나고 엎친 데 덮친 격으로 귤 창고 바닥이 무너지는(!) 어이없는 일을 겪으면서 반쯤 넋이 나가지 않았을까 싶다. 그렇다고 해도 실수한 건 명백한 내 과실이었다. 신용을 잃은 걸 되돌릴 순 없는 법이다. 지금이라도 보내드릴 귤이 남아 있으면 얼마나 좋을까. 그저 사과하면서 환불해드리고, 그럼에도 '맛있는 귤을 기대한 마음, 기다린 마음'에는 보상할 길이 없어 부끄럽고 죄송해서 몸 둘 바를 모르겠다.

그런데 모든 분이 너그럽게 이해하고 넘어가주셨다. 어떤 분은 건강 잘 챙기라는 말까지 덧붙이셨고⋯⋯. 아, 이렇게 용서받는구나. 최선을 다했음에도 도저히 메울 수 없는 나란 사람의 빈틈을 누군가가 감싸주며 받아들인다. 그렇게 받아들여진 나는 전보다 겸허한 자리로 내려가서 다른 이의 모자람과 불완전함을 받아주는 사람으로 점점 변해간다. 어쩌면 우리 모두는, 나아가 세상사는, 누군가의 너그러운 마음으로 감싸여 지탱되고 있는지도 모르겠다.

"나 연초부터 용서 카드가 열 장이나 모였어. 올 한 해 다른 사람들한테 많이 너그러워져야 할 것 같아" 하고 남편에게 말했더니 그는 싱글거리면서 감싸준다.

"그러지 마."

날이 조금 풀려서 숲으로 갔다. 여전히 눈이 쌓여 있지만 오후의 볕이 닿는 나뭇가지에서는 눈이 녹아서 흘러내렸다. 그 소리를 녹음하려고 녹음기를 챙겨온 남편은 건전지를 두고 왔다며 제 머리를 주먹으로 콩콩 두드린다. 톡, 톡, 타닥, 타닥, 실처럼 가는 물줄기가 낙하해서 숲 바닥의 눈을 가볍게 때리고, 눈 이불에는 작은 동그라미 자국이 점점 많아졌다. 모닥불 피우는 소리, 작게 부딪히고 깨지는 소리, 녹아내린 물방울이 만나서 다른 눈을 녹이는 소리가 들리는 듯하다. 난생처음 눈이 녹는 소리에 귀 기울였다. 하얀 눈이 쌓인 숲속은 고요한 기쁨을 주었는데, 쌓인 눈이 온기에 녹아내리는 숲속은 나를 안심시켰다. 내가 눈을 반길 수 있는 이유도 돌아가서 언 몸을 녹일 따뜻한 집이 있기 때문이겠다.

숲길 끝자락에서 남편이 핏자국을 발견했다. 보현도 겁을 먹고 멈춰 섰다. 눈 위에 흘린 지 얼마 되지 않은 선홍색

피가 군데군데 흩뿌려져 있었다. 핏자국을 따라서 숲 안쪽으로 시선을 옮기다가 눈 위에 쓰러진 새끼 노루를 발견했다. 산짐승에게 당한 것 같았다. 가는 네 다리를 쭉 뻗고 죽은 새끼 노루의 온몸이 흠뻑 젖어 있었다. 겁먹은 보현이 걱정돼서 조용히 뒤돌아 숲을 빠져나왔다. 아빠도 엄마도 없는 차가운 숲속에서 홀로 신음하다가 외롭게 죽었을 새끼 노루를 생각하자 하염없이 가엾고 쓸쓸해졌다.

농협 조합원에게 나눠준다는 쌀을 타오라고 남편을 읍내로 보내놓고서, 마루의 탁자 주위를 서성거리며 감귤 수확 철의 실수를 최소화할 수 있는 방법을 궁리하는데 남편의 귀가 시간이 한없이 늦어졌다. 이상하다고 생각했을 때 마침 전화벨이 울렸다.

"하나, 야생동물구조센터에 지금 구조 요청을 해줄래? 다친 새 한 마리를 데리고 집으로 가고 있어."

"정말? 알았어. 새 종류는 알겠어? 어떻게 다친 것 같은데?"

"잘 모르겠어. 꽤 큰데 성조는 아니야. 교통사고를 당한 것 같아."

서둘러 구조 요청을 해놓고 타월을 깐 종이 박스를 마련해서 대문 앞으로 나가 발을 동동 구르며 트럭이 오기만을 기다렸다. 이윽고 트럭이 도착했다. 종이 박스를 본 남편이 운전석 창문을 내리면서 소곤거렸다.

"그만한 박스로는 어림도 없어. 안을 한번 볼래?"

남편 다리 사이에 럭비공만 한 물새 한 마리가 앉아 아이팟에서 흘러나오는 음악을 잠자코 듣고 있었다.

"꽤 얌전하네."

그러자 남편이 손을 내저었다.

"어휴, 난리도 아니었어. 음악 들려주고 조곤조곤 말을 건네서 겨우 진정시킨 거야."

어린 새의 불꽃 같은 새빨간 눈에 야생성이 가득하다. 검은목논병아리로 밝혀진 아이를 구조대원에게 무사히 넘긴 남편은 그제야 마음이 놓였는지 다시 싱글거리는 얼굴로 돌아와서 검은목논병아리의 번식과 양육 과정을 찾아보기 시작했다. 이맘때 2년 연속으로 비슷한 장소에서 뿔논병아리와 검은목논병아리 유조(遺鳥)를 구조할 수 있었던 건 아무래도 번식지와 가까워서가 아니겠냐며 그럴싸한 추론까지 했다. 가위 같은 뾰족한 부리로 공격하려는 새를 용감하고 슬기롭게 구조한 남편이 유난히 대견한 밤이다(입고 있던 패딩으로 새를 덮어서 눈을 가렸다고 한다).

"당신은 칭찬 카드 한 장이 생겼네! 언젠가 왠지 움츠러들 때 꼭 꺼내 쓰길 바랄게."

방 학

모퉁이를 돌자 좁고 긴 복도가 나타났다. 복도 창으로 햇살이 쏟아져 들어와 눈이 부실 만큼 환했다. 나는 눈을 가늘게 뜨고 오른 손가락으로 복도 벽과 바람에 부푼 커튼을 쓸면서 앞으로 나아갔다. 도심의 어수선한 소음이 점점 멀어지고, 마음도 잔잔한 호수 같은 제 모습으로 돌아왔다.

'지금 막 나만의 콰이어트 코너(Quiet Corner)를 돈 거야. 그런데 어디로 가려고 했더라?'

도착한 곳은 작은 방이었다. 방 안에는 시간의 흔적이 묻어나는 평범한 나무 책상과 의자, 헤드폰만이 단출하게 놓여 있었다.

'그렇지. 여기로 오려고 했던 거였지.'

음악 도서관이라는 걸 바로 알 수 있었다. 헤아릴 수 없이 많은 음반과 악보와 연구 자료들은 이 방 너머 본실에 있을 게 틀림없었다. 의자를 빼고 앉아서 헤드폰을 머리에 쓰고 책상 위에 엎드려 눈을 감았다. 헤드폰 안에서 음악이 흘러나왔다.

'내가 듣고 싶은 음악을 누군가가 미리 골라났네! 어쩜, 기분 좋다.'

콰이어트 코너라는 시를 쓰면 어떨까, 단어가 주는 울림이 참 좋잖아, 누구에게나 콰이어트 코너는 필요하지, 중얼 중얼 잠꼬대를 하면서 잠들려는 찰나에 잠에서 깨어났다. 꿈속에서 한 번 더 잠들려 했던 일도 흥미롭지만, 세상 어딘가에는 나만의 콰이어트 코너가 존재한다는 걸, 그 모퉁이를 돌면 나타나는 나만의 콰이어트 룸은 밝고 조용하고 언제나 음악이 물처럼 흐르는 곳이란 걸 일깨워준 고마운 꿈이었다. 요사이 자주 들춰보는 책 『콰이어트 코너: 노 웨이브 음악의 서재』가 꿈속으로 녹아들어서 영감을 준 것 같다.

최근에는 잠도 잘 오고 좋은 꿈을 많이 꾼다. 귤 수확을 마친 후부터 봄이 찾아오기 전까지 농부에게 주어지는 더없이 달콤한 겨울방학이 얼마 남지 않았다. 방학이니 우리의 작은 학교(농원)에 일찍 등교할 필요도 없고, 원하면 얼마든지 늦잠을 잘 수도 있다. 학교 선생님(귤나무)들도 하루종일 달게 주무시고 계신다. 나는 이른 새벽을 좋아하는 탓에 눈이 떠지는 대로 일어나서 검푸른 새벽하늘을 바라보러 내 방으로 간다. 새해 첫 보름달이 떠 있다.

집 밖으로 조용히 빠져나와 갯가로 가서 투명한 달빛 아래 섰다. 파도가 찰싹찰싹 노래하고 먼바다에는 수평선까지 이어지는 윤슬이 비단처럼 반짝인다. 손바닥의 손금이 보일 만큼 밝은 달빛인데, 달빛은 햇빛처럼 우리의 정신을 깨우지 않고 그저 꿈꾸게 한다. 농원 학교의 수업 준비물을 챙기지 않아도 되니 오늘만큼은 마음껏 달님을 마주해볼까? 난생처음, 달이 수평선 아래로 지는 광경을 지켜봤다. 커스터드 크림 달, 레몬 달, 귤 달, 능소화 달, 금잔화 달, 마지막에는 찔레꽃처럼 붉은빛으로 타면서 사라지는 달. 아아, 안녕히 가세요. 한순간 숨 막힐 듯 농밀한 어둠이 세상을 덮었다가 다시 천천히 걷혔다.

평소에도 그렇지만 유독 올 겨울방학에는 코로나19로 더욱이 아무도 만나지 않고 남편과 보현과 나, 이렇게 셋이서만 시간을 보내고 있다.

역시 방학에는 하고 싶은 걸 해야 한다. 내키는 대로 산책을 떠나고, 철새들을 만나고, 하루 세끼를 세심하게 차려 먹고, 요가나 근력 운동을 하고, 남는 시간에는 원 없이 음악을 듣고 부지런히 책을 읽고 또 만들어낸다. 반면 숙제 같은 집안일은 남편도 나도 최대한 미뤄서 집 안 바닥은 지푸라기, 풀씨, 먼지, 보현의 털로 적당히 지저분하다. 분리수거를 하지 않은 유리병과 종이 박스가 방 한편에 쌓여 있고, 외출했다 돌아오면 집 안에서 우리 셋의 살내가 섞인 구수하고 쿰쿰한 냄새가 난다. 말끔한 실내를 좋아하지만 하고 싶은 걸 미루면서까지 집을 정돈하기엔 방학은 너무 짧다.

키친 크리에이터 나카가와 히데코가 소개한 책들 중 반

려견 소피를 위한 자연식 레시피를 담은 『소피의 식탁』이
있다. 그 책을 사 읽고는 어쩐지 용기가 나서 방학만이라도
보현과 함께하는 밥상을 차려보기로 했다. 생각보다 어렵
지 않았다. 개가 먹어서는 안 되는 식재료만 빼고 탄수화물,
단백질, 비타민 등을 비율에 맞게 준비해서 요리하면 그만
이다. 단, 아무 간도 하지 않은 채로. 대신 우리는 식탁 위에
갖가지 향신료와 소금을 올려놓고 취향대로 요리에 넣어
먹는다. 위가 약한 남편도 보현과 덩달아서 순하디 순한 밥
을 먹으며 위 건강을 차츰 회복했다. 원래는 각종 술과 요리
를 즐기던 남편이었는데, 밥을 먹다가 문득 자기 접시에 담
긴 말간 요리를 보고 당신은 믿기냐는 듯이 날 보며 고개를
절레절레 흔든다.

"그렇지? 보현은 점점 사람 같아지고. 우리는 점점 반려
견 같아지고."

남편이 보현과 산책을 떠난 틈을 타 갈매기 떼의 아침 비
행을 구경한다. 동쪽 하늘의 볕이 바다에 닿는 시각이면 약
속이나 한 듯 다 함께 하늘로 날아올라서 날개를 펼치고 바

람을 탄다. 흩뿌려진 종잇장처럼 수십 마리의 새가 어지럽게 날개를 팔락거리는 날도, 커다란 8자나 회오리를 그리면서 군무를 추는 날도 있는데, 부딪히지 않고 서로 인사를 건네는 모습이 경이롭고 찬란하다. 봄날에 떠날 채비를 하며 예행연습을 하는 건 아닐까? 산책에서 돌아온 남편이 놀랍게도 금성천에서 저어새를 봤다고 한다. 전 세계에 2,000여 마리밖에 남아 있지 않다는 저어새를 말이다. 그 말을 듣자마자 금성천으로 달려 나갔으나 저어새는 진즉 떠났고, 갯바위에서 한가롭게 날갯죽지를 말리는 가마우지만 보였다.

　대낮에는 옹포천으로 간다. 한라산의 눈 녹은 물이 흘러 흘러 이곳에서 만났는지 물이 꽤 불어났다. 둑방에는 나날이 연둣빛이 번지고 드물게 배추꽃도 피어 있다. 마른 갈대를 흔들며 물닭과 쇠물닭이 숨어든다. 담수지에는 댕기흰죽지가 쌍쌍이 노닐고 있다. 앗, 여름 철새인 노랑할미새야, 오늘도 혼자 있구나. 돌다리 밑에서 꼬리를 까닥이며 연신 냇물을 쪼고 있다. 지금쯤 따뜻한 동남아시아나 인도에서 안락한 둥지를 꾸렸을 네가 어쩌다 혼자 남았을까…… 벚나무 가지 위엔 개똥지빠귀 한 마리. 러시아에서 새끼들을 키우고 여기까지 온 거니? 고생 많았겠다. 푹 쉬고 가. 가늠

할 수조차 없이 먼 땅에서 한두 계절을 살다가 제주까지 날아와서 쉬는 나그네새들, 철새들.

그들을 가만히 바라보고 있으면 시베리아의 벌판 이야기가, 동남아시아의 습지 이야기가 지저귀는 소리에 실려 전해지는 것만 같다. 우리 동네의 옹포천이 그들에게 얼마나 중요한 기착지이자 안식처이고, 때마침 피어난 배추꽃 꿀과 때마침 불어난 냇물 속 물벌레가 그들에게 얼마나 중대하고 절실한 양식일까. 우리는 언제 다시 만날 수 있을지 모를 나그네들에게 안부를 전하고 자리를 떠났다.

읍사무소, 면사무소를 돌면서 우리에게도 중대하고 절실하나 숙제와 다름없는 새해 농사 관련 사업들을 신청했다. 정부에서 지원해주는 친환경 농업이 요 근래 부쩍 늘어서 공짜로 농사를 짓고 있다고 해도 과언이 아니다. 혜택이 다양해진 만큼 신청 항목을 야무지게 분배해야 한다. 작년 농법에서 부족했던 점을 보완할 대책도 세워야 한다. 세균성 병해를 더 잘 막을 방법은 없을까? 토양 속 부족한 유기물은 어떻게 보충할까? 노후한 경유 차를 새로 바꿀까? 그럴 만한 여윳돈이 없는데 어떻게 마련한담? 길고 무거워서 어깨를 아프게 했던 방제 호스를 조금이라도 덜 끌고 다닐 순

없는 건지. 참, 그러고 보니 무너진 창고 바닥은 손도 못 댔잖아…….

해 질 녘, 하루의 마지막 간조 때 뿔논병아리와 쇠백로 아가 둘이 집 앞바다로 날아들었다. 어둑해질 때까지 살갑게 붙어서 먹이를 쪼고 논다. 아가들은 생김새가 달라도 개의치 않고 좋은 친구가 되는구나. 세상을 향해 무방비할 정도로 활짝 열려 있는 둘의 영혼을 닮고 싶다. 하늘의 물들어가는 구름을 오래도록 바라본다. 물 빠진 모래밭의 고둥과 고둥이 기어간 길을 오래도록 바라본다. 더 고유한 우리말을 글에 담기 위해 책 『구름을 사랑하는 기술』과 『선생님들이 직접 만든 이야기 바다동물도감』을 주문했다.

「TV 동물농장」을 보면서 울다가 눈이 부은 남편과 고기 굽는 냄새에 뺑뺑 도는 보현을 불러 양꼬치를 나눠 먹고, 또다시 각자의 방으로 들어가 남편은 음악을 만들고 나는 『무민의 겨울』을 계속해서 읽는다. 그러다 하품이 나오면 누가 먼저랄 것도 없이 침실로 가서 한 침대에 나란히 누워 몸을 맞댄다.

"잘 자."

"잘 자."

"푸우(보현의 숨소리)."

방학은 역시 달콤하다. 오늘도 좋은 꿈을 꾸고 싶다.

실놀이

雨 우
水 수

아랫마을에 수선화와 복수초가 피어나면서 봄이 왔다고
알려주길래 윗마을 숲에도 봄이 왔을지 궁금해 셋이 함께
숲으로 갔다. 초입에 들어서면 나타나는 복수초 마을에는
아직 노란 등불 하나 켜져 있지 않고, 딱딱하게 굳은 숲길
바닥 마을에도 육각기둥 모양의 얼음 조각이 여전했다.

'겨울이 늦장을 부리면서 떠날 채비를 미루고 있군.'

남편이 발걸음을 멈추고 조용히 숲 안쪽을 바라봤다. 새

끼 노루가 쓰러져 있던 자리다. 보드라운 회색 털들이 새 둥지처럼 내려앉은 흔적을 보면서 '그래 여기 새끼 노루가 있었지' 하고 기억해냈다. 그사이 노루의 살은 산짐승과 새들에게 나뉘고 흩어져서 다시 이 세상의 밑거름이 됐을 것이다. 까마귀가 앉아 쉬는 삼나무의 높은 자리와 그 너머 구름이 떠 있는 조각난 하늘을 올려다봤다. 새끼 노루의 살점을 먹고 배를 채운 까마귀가 "까악" 하고 한숨 토해내면, 노루는 그 숨에 실려 하늘로 올라가 저 구름이 되는 거라고, 이제 더 이상 아파하지 말기를. 나무관세음보살, 하고 명복을 빌었다.

까마귀 배 속으로, 숨으로, 하늘로, 구름으로, 다시 대지 위로 떨어지는 빗방울로 끊임없이 형상을 바꾸면서 이어나가는 생명의 줄기를, 나의 죽음을 포함한 우주의 섭리를 마음 깊이 이해하고 수긍할 수 있음에도, 한 존재를 떠나보내는 일은 여전히 낯설다. 텅 빈 그 자리를 어떤 말로도 채울 길이 없어 한동안 침묵하며 숲길을 걸었다.

요즘 남편은 미국 시애틀에 사는 친구 동하 씨가 보내준 메리 올리버의 시선집 『Devotions: The Selected Poems of Mary Oliver』를 새벽마다 보현에게 읽어준다. 영어로 쓰인

시를 보현은 어떻게 들을지 호기심이 일어서 방문 너머로 둘만의 사적이고 다정한 시간을 엿보았다.

남편은 보현을 "이리 온" 하고 소파에 앉혀놓고 "오늘은 여기부터야"라며 접어놓은 페이지를 펼친다. 그러면 보현은 남편의 허벅지에 배를 꼭 붙이고 엎드려서 고개는 반대로 파묻고 들을 준비를 한다. 남편이 영시를 성심껏 조곤조곤 낭송한다. 원래대로라면 10분도 못 가서 불편하다고 몸을 뒤척이거나 자리를 뜨는 예민한 보현이 고른 숨을 쉬며 정말로 시를 듣고 있다.

'보현아, 메리 올리버의 시가 어떻게 들려?'

나는 마음속으로 묻는다. 보현이 이렇게 대답하는 것 같다.

'아빠가 지금 네모난 종이 상자에서 무언가를 꺼내어 내게 들려주고 있어. 자장자장 노래를 불러주는 것 같아. 아주 중요한 말, 귀한 말이야. 사랑한다는 말처럼. 그건 알 수 있겠어. 아빠도 저 말, 좋아하는 것 같아. 그리고 신뢰해. 나도 믿음이 가. 아무튼 듣기 편안하고 좋은걸. 언제까지나 들을

수 있을 것만 같아.'

　우리가 너무나 당연하게 분별해온 모국어와 외국어의 경
계가 지금 보현에게는 별 의미가 없구나. 메시지라는 정수
가 언어의 뜻뿐 아니라 소리에도 실려서 우리 사이를 오가
고 있다는 사실을 깨닫는 순간이었다. 메리 올리버의 영혼
이 담긴 시가 아빠의 목소리를 타고 보현의 귀로, 가슴으로
흘러들고, 영혼에서 영혼으로 이어지는 아름다운 시심을
내가 다시 글에 담아 세상에 전한다.

　나도 메리 올리버의 시집 『천 개의 아침』을 외투 주머니
에 넣고 가까운 오름으로 갔다. 아랫동네 숲에는 봄이 일찍
이 도착해서 짐을 풀고 있었다. 새소리가 부쩍 늘고 또 커졌
다. 직박구리 둘이 연애를 한다. 이 소나무에서 저 소나무로
옮겨 다니며 서로의 노래를 흉내 내고 되받는다.

"날 좋지?" "날 좋다."
"저 가지에서 놀래?" "응, 저 가지로 가자."
"봄이야." "정말! 봄이 왔어."
"너와 함께 있어서 좋아." "나도 네가 좋아."

찔레나무가 조글조글하게 접힌 새싹을 용기 있게 펼치고 있다. 발걸음을 옮기면 풀밭에서 날벌레가 날아오르고 어디선가 개암나무 향이 봄바람에 실려온다. 분화구에서 내다본 하늘에는 붓으로 그은 듯한 회색 구름과 흰 구름이 나란히 떠 있다. 시집을 열어 우연히 펼쳐진 페이지의 시를 읽는다. 영어로 쓰인 원시와 번역시가 나란히 실린 페이지에서 왼쪽으로 눈길을 준다. "인 아워 우즈, 썸타임스 어 레어 뮤직. ……덴 히 리프츠 잇 언틸 잇 썸스 / 투 폴 프롬 더 스카이." 나는 영어를 잘하지 못하는 까닭에 원시의 뜻을 다 헤아릴 수 없었다. 한 번, 두 번, 여러 번 같은 시를 소리 내어 읽었다. 그러자 점차 내 안에서 시인의 음성이 또렷해지고 모르는 말은 모르는 대로 그저 멜로디처럼 흘러갔다. 어쩐지 알 수 있었다. 시가 무얼 전하려고 하는지를. 나는 그 시가 좋아졌고 마침내 시 안으로 들어갈 수 있었다. 하늘의 구름은 그새 모양을 바꾸었고, 새롭게 피어오른 구름은 하얀 푸들의 털을 닮아서 '저 아이는 메리 올리버가 키우던 개 퍼시 같은걸. 지금쯤 같이 뒹굴고 있으려나' 하고 생각했다.

집으로 돌아와서 찹쌀을 치대고 단 팥소를 듬뿍 넣어 찹쌀떡을 빚었다. 그걸 남편과 나눠 먹으며 조용하게 음력설 아침을 맞았다. 남편 방에서는 연일 따스한 음색의 곡들이 흘러나온다. 릴 데크를 통과한 소리다. 카세트테이프의 원조인 릴 데크를 남편은 오랫동안 국내로, 해외로 보내서 고치다 못해 직접 팔을 걷어붙이고 나서서 수리하더니 결국 고쳐냈다. 보름달같이 둥그런 두 개의 릴이 문제없이 뱅글뱅글 돌아가던 날 밤, 남편은 리타 파예스의 곡 하나를 릴 데크로 들어보더니 가슴 위에 두 손을 포개 얹고 옆으로 천천히 쓰러지며 말했다.

"너무 좋아……."

첫 귀에 반한 모양이다.

뭐가 그렇게 좋냐고 묻자 입자감이 느껴지는 소리가 좋단다. 태어나서 처음 들어봤는데 디지털 플레이어로는 절대로 재현할 수 없는 불완전한 그 음색이 충격적일 만큼 아름답다고 했다. 모래 알갱이가 섞인 듯한 소리를 입자감이 느껴진다는 근사한 말로 표현한다. 필름 카메라로 찍은 사진에서만 느낄 수 있는, 빛과 그림자 알갱이들의 신비로운 배열을 소리로도 느낄 수 있다니 매우 놀랍다.

"둥그런 릴은 돌아가면서 뭘 해주는 거야?"

"응. 왼쪽 릴에 감긴 테이프가 보이지? 테이프가 풀리면서 전기신호로 들어온 음악 소리를 자기 신호로 받아들이고, 그걸 다시 소리로 바꿔 내보내며 오른쪽 릴에 기록하는 거야."

와, 눈에 보이지 않는 무수한 입자들이 순간순간 양태를 바꿔가며 자유롭게 흘러서 지금 내 몸과 마음을 지나가고 있구나! 전기에서 자기로, 자기에서 소리로, 소리들이 꿰어져서 다시 음악으로, 내게로…….

노루가 됐다가, 별이 됐다가. 물고기가 됐다가, 배가 되고. ㅁ이 됐다가, d가 되고 음표가 되는. 무한하게 이어지는 놀이가 결국에는 끝과 끝을 이은 한 가닥의 실로 귀결되는 실놀이를, 지구와 우리는 까마득한 옛날부터 단 한순간도 멈추지 않고 해온 거라고. 방학을 마치면서 생각한다.

봄이 왔고 다시 나의 작은 농원 학교로 등교할 때가 되었다. 새 학기에는 또 누구와 손을 잡고 어떤 모양으로 변해가면서 생명의 끈을 엮어나갈 수 있을까.

바람이 불어와야 할 땐
불어오기를

개학식 날.

바람이 없고 포근한 오후에 남편과 보현과 농원으로 갔다.

"선생님, 그동안 안녕하셨어요?"

겨울잠에서 이제 막 깨어난 귤나무 선생님들이 비몽사몽
간에 우리를 맞았다. 동백꽃이 흔들리면서 방울새 몇 마리
가 쪼르르 달아났다. 지난겨울에 차가운 눈이 내렸던 탓일
까? 귤나무를 감고 무서운 기세로 뻗어 오르던 덩굴식물이

바짝 말라 있었다. 다행이다. 이렇게 한 번 풀이 죽으면 올
해는 덜 하겠지, 생각하는데 오두막 위에서 먼 곳을 살피던
남편이 말했다.

"시유지의 귤나무 한 그루가 죽은 것 같네. 눈을 견디기
가 힘들었는지."

약해 보인다며 남편이 신경 써서 비료도 듬뿍 주고 열매
는 일찍이 따주면서 보살폈는데, 암반 위의 척박한 환경에
서 버틸 만큼 버티다가 결국 죽은 것 같다. 농원의 전 주인
이 떠나면서 시유지에 귤나무를 몇 그루 심어놓았고, 우리
는 그 나무들의 소유권은 없지만 그냥 두면 죽으니까 함께
돌보는 중이었다. 남편은 그 뒤로 별말이 없이 계단을 내려
와서 창고를 살폈다.
　나도 보현에게 물을 먹이고 다음 일을 생각했다. 나무가
병들고, 말라 죽고, 우리의 실수 또는 모진 날씨 때문에 상
처 입는 일들이 처음에는 충격이었고 감정적으로도 한동안
힘들었다. 그러나 이런 일을 거듭 겪으면서 우리 힘으로는
어찌할 수 없는 것, 노력했지만 안 되는 건 담담히 받아들이

고 앞을 보는 연습을 했다. 나무는 멈춰 있지 않고 움직이는 중이니까 우리도 멈출 수 없다고 생각하면서. 더욱이 나무 선생님은 서툰 학생에게 뭐라 하지 않고, 기회를 다시 주시기까지 하니까.

집에서 챙겨온 막걸리를 봄까치꽃과 광대나물꽃이 지천인 밭에 뿌리면서 고사를 지냈다. 농원 한가운데 있는 동백나무 앞에 나란히 서서 밀레의 「만종」 속 부부처럼 고개를 푹 숙이고 두 손 모아 기도했다.

'선생님들이 올 한 해 모쪼록 건강하기를. 다치는 이 없이 무탈하게 농사지을 수 있기를. 봄, 여름, 가을, 겨울, 사계절이 그 계절답기를. 바라는 대로 되지 않더라도 너무 좌절하지 말고 다시 힘낼 수 있도록 도와주세요.'

돌아오는 길에 남편이 마켓에서 용케 발견한 벌꿀 와인을 사서 개학을 자축했다.

날씨가 삼한사온을 반복하며 변덕을 부리고 있다. 구름한 점 없이 청명한 날에는 얇은 티 한 장만 걸치고 나들이를 떠날 만큼 포근했다가, 다음 날에는 먹구름이 끼고 꽃샘추위가 느닷없이 찾아와서 산책하는 보현을 날려버릴 것 같은 강풍이 매섭게 분다.

이때 제주에는 '외눈배기섬'에서 영등할망이 찾아와 머물면서 밭에는 곡식의 씨를, 바다에는 해산물의 씨를 뿌리고 농부와 어부, 해녀의 소원을 들어주고 간다. 옛날 옛적에 제주로 돌아오던 어선 한 척이 풍랑을 만나서 표류하다가 외눈배기 거인의 섬에 다다르게 되었다. 꼼짝없이 외눈배기 거인에게 잡아 먹힐 뻔한 어부들을 영등할망이 가엽게 여겨 구해줬다가 거인의 화를 사서 토막 나 죽임을 당했다. 얼마 뒤 머리는 우도에, 사지는 한수리에, 몸통은 성산 앞바다에 떠올랐고, 그때부터 제주 사람들은 영등할망을 신으로 모시며 정월 초하루부터 정월 대보름까지 굿을 해주었다고 한다.

정월 초하루에 영등할망이 제주로 들어오는 어귀가 바로 우리 집 앞바다라서 언젠가 우연히 영등굿을 본 적이 있다. 흰 천막과 나부끼는 깃발 아래 마을의 해녀들이 모여서 너나 할 것 없이 덩실덩실, 끝나지 않을 것만 같은 긴긴 춤을 춘다. 평소에는 본 적 없는 신명 난 모습에 얼마나 좋으시면, 얼마나 반가우시면, 하고 생각했었다.

그 안에는 서울에서 이사 와 당당하게 우리 마을의 막내 해녀가 된 귀현 언니도 있었다. 언니가 잡아 올린 손바닥만 한 자연산 전복을 보고 너무 귀한 나머지 얼마인지 물어보기조차 겁났던 기억이 난다. 올해도 거센 풍랑이 이는 바다를 내다보며 함께 기원한다.

어부와 해녀의 안전을 비나이다. 많이 잡히는 것도 좋지만 많다고 다 풍요로운 건 아니니, 바다가 바다다워서 길러 낼 수 있을 만큼만 깨끗하게 길러주고, 고생하는 해녀들에게 골고루 나눠지기를 비나이다.

다시 파란 하늘이 드러난 날, 매일같이 가는 오름을 찾았다. '야생 귤밭'이 보고 싶어서 평소 때랑 다르게 가파른 산길로 들어섰다. 하얀 매화꽃이 하얀 햇살 속에 만발해서 눈을 뜰 수 없을 만큼 부시다. 파리와 나란히 단 꽃 내음을 맡다가 다시 급경사를 올랐다. 이 오름 중턱에는 내버려진 귤밭이 있다. 우리는 그곳을 '야생 귤밭'이라고 부르는데 풀자면 '숲속의 야생화된 귤밭'쯤 되겠다. 작년 겨울에 귤이 달린 모습과 슬쩍 맛본 귤 맛이 잊히지 않아 올해는 어떨까 궁금했던 것이다. 저 멀리 단감처럼 조롱조롱 매달린 귤이 눈에 들어왔다.

야생화된 귤나무는 꼭 감나무 같다. 가지도 잎사귀도 성글게 나고 밑으로 처진 가지 끝에는 탁구공만 한 작은 귤이 한두 알씩 가볍게 달려 있다. 우리 농원의 머리숱 많고 호빵만 한 귤이 주렁주렁 열리는 나무들과는 딴판이다. 수확기가 한참 지났는데도 열매는 썩지 않고 그저 말라가면서 새들의 간식이 되었고, 뻗친 가지도 크게 병든 잎사귀도 없었다. 꽤 생생한 나무가 있는 반면 서서히 한쪽 줄기가 말라가는 나무, 비쩍 말라서 죽은 나무도 있었다. 유심히 들여다볼수록 귤나무 본연의 생이 느껴지는 듯했다. 건강보조제(비료)도 주사(농약)도 맞지 않고 숲을 집 삼아 무리 없이 살다가 조금 일찍 흙으로 돌아가는 나무들. 화려하게 오래 살진 못하더라도 나라면 충분히 평온한 삶을 누렸노라고 느낄 것이다.

우리 농원의 나무들은 어떨까? 충분히 즐겁고 평온하게 살고 있을까? 아니야. 아닌 것 같아. 아직은 말이야. 긴 시간이 필요하다. 농원이 숲 같은 집이 되고, 나무들도 우리도 많은 걸 내려놓을 수 있는 여유가 생길 때까지는.

집 마당의 소나무에도 기쁜 봄소식이 날아들었다. 멧비

둘기 한 마리가 찾아와서 나뭇가지에 앉아 있었다고 남편이 전했다. 심장이 제멋대로 쿵쾅거렸다.

'바비일까? 바비의 부모? 아니, 페이나 티엔이 다시 돌아온 건지도 몰라.'

이 소나무에서 나고 자란 비둘기들이 여러 마리다. 누가 온 건지는 알 수 없지만 누가 되었든 소나무를 기억하고 다시 찾아온 건 맞는 듯싶다. 멧비둘기들과 나눈 우정도 머지않아 이야기에 담겠다. 때마침 사다놓은 솔껍질깍지벌레 방제 주사를 소나무에 놓았다.

다음 날 아침, 나도 멧비둘기 한 쌍을 만났다. 목이 가늘고 고운 암컷은 인사를 건네기도 전에 파란 하늘로 날아올랐고, 수컷은 소나무 위 묵은 둥지에 앉아 있다가 암컷을 따라 떠났다.

그다음 날엔 또다시 강풍이 불어닥쳤고 멧비둘기 둘은 어디선가 바람을 피하고 있는 듯 오지 않았다. 나는 앵두나무 아래 잠들어 있는 어린 비둘기 한 마리를 생각하면서 다시 고개를 푹 숙이고 기도했다.

바람이 불어와야 할 땐 불어오기를. 그러나 너무 가혹하지는 않기를 하늘에 빕니다.

　영등할망은 섬을 떠났다. 꽃샘추위마저 물러가면 귤나무에는 봄 순이 돋고 섬은 연노란빛으로 환해지는, 밤보다 낮이 긴 봄이 올 거다.

낮이 길어지다

하루의 절반은 밤, 절반은 낮인 춘분이 지나면 그때부터 낮은 점점 길어지고 밤은 딱 그만큼 점점 짧아진다,는 걸 꽃나무의 마음으로 생각해보면 지금 대단한 일이 일어나고 있음에 틀림없다. 이제부터 매일매일 꾸준하게 빛을 늘려주겠다는 약속은 빛과 물, 땅속 양분으로 밥을 지어 먹는 식물에게 배고프지 않을 수 있다고 안도할 수 있는 기쁜 일일 테다. 그러는 동시에 성장하라는 천명을 받아들여야만 한다. 다시 낮보다 밤이 길어지는 순간이 오기 전까지 원하든 원치 않든 자라고, 꽃피우고, 사랑을 나누어야 한다.

아주 잠깐 대학원에서 식물 연구를 한 적이 있다. 연구 대상은 벌노랑이라는 야생화의 낮 길이를 감지하는 유전자였는데, 아마 모든 식물과 사람에게 같은 유전자가 있을 거다. 봄이 오고 낮이 길어지면 식물 체내의 낮 길이 감지 유전자가 저절로 딸깍, 켜지면서 꽃을 피우고 바지런히 새순을 내민다는 걸 그때 알았다. 변덕스런 기온보다도 일정하게 길어지고 짧아지는 낮의 길이를 믿을 만한 신호로 받아들이고 그 리듬에 맞춰서 살아가는 식물이 지혜롭기 그지없다.

춘분이 지난 제주는 갖가지 봄꽃이 산에 들에 피어나서 정신 차리기 힘들 정도로 아름답고 어디서나 꽃꿀 향기가 흘러 다닌다. 눈 두는 데마다 유채꽃이, 벚꽃이 만발했다. 아득해져서 그만 눈을 감으면 파란 하늘에 대비되는 노란 잔상과 연분홍 잔상이 남는다. 점심시간에 남편과 보현과 어떻게라도 시간을 내서 김밥을 사 들고 옹포천으로 간다. 벤치에 앉아 맞은편 벚나무의 꽃들과 봄빛 어린 뒤편 하늘을 하염없이 바라보면서 김밥 한 줄 먹고 돌아오는 게 다인데 그렇게 행복할 수가 없다.

그건 그렇고, 온 섬에 무수한 꽃들이 피어났는데 왜 나는 꽃 한 송이 피어나는 순간을 단 한 번도 목격한 적이 없는 걸까? 묘한 기분이 들어 다음 날 같은 벤치의 꼭 같은 자리에 앉아서 전날 눈여겨봤던 벚꽃 봉오리를 다시 봤다. 오므리고 있던 꽃잎 다섯 장이 야구 글러브만큼 벌어져서 산들바람에 가늘게 떨리고 있었다.

'생각보다 천천히 피어나네.'

우리가 꽃을 보면서 금방 피었네, 그새 졌네, 말하는 건 꽃들이 빨라서가 아니라 우리가 하루 중 대부분을 딴생각하며 보내기 때문이다.

'그렇다면 어느 하루는 종일 아무것도 하지 않고 오직 꽃 한 송이만 생각하면서 그 꽃이 피어나는 순간을 지켜보는 건 어떠니?'

마음이 묻기에 나는 좋다고 대답했다.
마음속에 넣어둔 봄날의 소망이 한 가지 더 있다. 바람에 흔들리는 꽃밭을 만나면 아무도 없는지 확인한 뒤 그대로 달려가 쓰러져서 꽃들에 얼굴을 파묻고 "좋아서 견딜 수가 없어요" 하고 속삭이며 꽃가루 범벅이 되어 그대로 한참 동안 누워 있다가 나오는 일이다.

흰 나비 두 마리가 유채꽃밭에서 서로의 몸을 휘감으며 춤을 춘다. 자전거도 자동차도 쌩쌩 지나가는 길가에서 주위의 온갖 위험과 장애물은 안중에도 없다는 듯, 세상에 오직 둘만 남은 듯 사랑을 나눈다. 잎을 내밀어 겨우내 주린 배를 채우기도 전에 꿀을 머금은 벚꽃으로 온몸을 뒤덮어버리는 벚나무도 얼마나 무모한가. 흰 나비와 벚꽃이 어여쁜 걸 넘어서서 가슴 저리도록 아름다운 까닭이다.

봄 바다의 파도 소리도 변했다. 겨울의 장중한 화성을 덜어내고 경쾌한 멜로디로 찰싹거린다. 여자 서퍼 둘이 아침부터 서핑보드에 배를 대고 올라타 팔로 노를 저으면서 먼 바다로 나간다. 해변에는 돌미역 조각이 떠밀려와서 모래 섞인 물살에 씻기며 뒹굴고 있다. 모래사장에는 하얀 푸들과 반바지 차림의 청년이 있었다.

청년이 모래사장에서 유목 조각 하나를 집어 있는 힘껏 멀리 던진다. 푸들은 모래사장에 발이 푹푹 빠지는데도 전력으로 달려가서 물어온다. 몇 번을 그러다 청년은 털썩 주저앉아 먼바다를 바라보았고, 푸들은 청년 곁에서 앞발로 열심히 모래 구멍을 파기 시작했다. 그러더니 구멍에 얼굴을 쑥 집어넣고 곱슬곱슬한 털이 모래 범벅이 되도록 장난을 친다.

'바로 저거야. 꽃밭에 얼굴을 파묻고 싶은 심정이.'

나는 멀찌감치 서서 둘의 눈부시고 즐거운 아침 놀이를 바라보다가 해변을 걷고 다시 멈춰서 바라보기를 반복했다. 모두들 길어진 낮과 봄바람에 이끌려서 절로 더 움직이고 춤추고 싶어 하는 듯하다. 어느새 푸들이 킁킁 냄새를 맡으며 내 발치까지 다가왔다.

"어? 너 심바니?"

보현을 데리고 자주 가는 카레집 아이였다.

"안녕하세요. 오늘은 혼자 오셨어요?"

그제야 한솔 씨를 알아본 나는 배시시 웃으며 대답했다.

"네. 가끔 보현이 떼놓고 혼자 산책해요."

한솔 씨가 웃는다. 보현과 둘이서 산책을 하면 나는 보현이 말곤 아무 생각도 할 수가 없다. 그래서다.

밭에서는 가지치기하는 나날을 보내고 있다. 일 년 농사의 첫 일은 가지치기다. 봄 순이 돋기 전부터 돋는 사이에 묵은 가지, 병든 가지, 뻗치고 꼬인 가지를 자른다. 새순이 제멋대로 자라 덥수룩한 머리를 다듬듯이 예쁘게 자랄 길을 만드는 거다. 우리는 싹둑 자르지 말고 섬세하게 섀기 커트를 해주자고 농담했다. 가지를 치는 순간순간이 한 나무의 앞길을 결정한다고 생각하면 결코 농담처럼 가볍게 할 수 없어서 우리는 꽤 긴장하며 일하고, 굵은 가지를 치기 전에는 꼭 상의한다.

초록색 이끼 코트를 입은 늙은 나무도 가지를 자르면 아기 피부처럼 뽀얀 단면이 드러나고, 단면에서는 미미한 오이 향 같은 게 난다. 매년 봄마다 전신에 새순이 돋는 나무는 사람과 전혀 다른 차원으로 나이를 먹는 것 같다. 일 년, 이 년, 삼 년이 지나면 한 살, 두 살, 세 살이 되는 게 아니라

두 살이지만 한 살인, 세 살이지만 한 살이고 두 살이기도 한 나무로 거듭나면서 아기와 노인의 시간을 동시에 산다. 그에 비해 사람은 영혼으로만 그렇게 살 수 있다.

나무 아래로 기어들어가 앉아서 쉰다. 봄볕이 나무 구석구석, 땅속까지 닿는다. 볕이 잘 내려오는 쪽에는 아기 순이 조금 더 길게 자라 있다. 그늘진 쪽의 여리디여린 풀빛 새순을 살며시 감싸 쥐며 힘내서 잘 자라라고 말을 건넨다. 단내가 풍기는 봄바람이 불어오고 가까운 데서 멧비둘기가 짝을 찾는 소리가 들려온다.

남편은 이 무렵에 태어났다. 그래서일까, 남편은 밤과 낮을 절반씩(어쩌면 밤을 조금 더) 품고 있는 사람 같다. 감성적이면서 이성적이고, 늘 꿈꾸면서 현실감각을 절대로 잃지 않는다. 무모한 사랑을 신중하게 이어갈 수 있다는 걸 일깨워준 이도 남편이다.

밤과 낮의 경계에 서서 밤을 껴안아 낮 쪽으로 노래하는 사람. 당신의 생일은 나의 두 번째 생일, 보현의 두 번째 생일. 세상 모든 봄꽃이 남편만을 위해 핀 것 같은 생일 전날 밤, 우리는 술에 취해 보현이 선물한 트라이앵글을 치고, 흥얼거리고, 식탁 위에 꽂아둔 유채꽃대를 흔들면서 즐거워했다.

남편의 입에서 행복하다는 말이 흘러나왔다.

안개 끼고 바람 부는 이른 아침에 제주도를 한 바퀴 돌면서 자정까지 촬영한다는 남편에게 롱 패딩을 들려 배웅하고, 방으로 돌아와서 날짜를 보니 식목일이었다.

'하늘이 개어서 식물에게도, 촬영 스태프들에게도 기분 좋은 하루가 되었으면.'

나무를 심는 대신 인터넷으로 식물권, 동물권을 검색해서 눈에 띄는 자료를 읽었다.

'아직 까마득히 멀었구나. 그래도 언젠가는 반드시 올 거야. 동물도, 식물도, 무생물까지도 존중받는 사회가.'

그러다 생각은 흘러 흘러 제인 구달 박사가 떠올랐다가, 한때 꾸었던 당찬 꿈과 그 꿈을 일찍이 내려놨던 일이 차례차례 떠올랐다.

선선한 바람이 부는 초여름밤으로 기억한다. 석사과정 학생이던 나는 그날도 종일 연구실에 있다가 늦은 저녁을 먹으러 밖으로 나왔다. 초여름밤의 공기가 쐬고 싶어서 부러 연구실에서 가장 먼 학생식당으로 캠퍼스를 돌아서 갔다. 그곳에는 큰 매점과 서점이 딸려 있고, 밤이면 식당 주위에 각종 동아리가 모여서 살짝 들뜬 분위기를 연출하기 때문에 안에 잠시 섞여 있기만 해도 왠지 즐거움을 묻혀서 돌아오게 된다.

2층에서 저녁을 먹고 내려오니 어스름 속에서 오케스트라 단원이 연습하는 한 줄기 트럼펫 소리가 바람에 실려왔다. 계수나무 잎을 흔들어 솜사탕 향기를 피우면서 잠자코 그 소리를 듣고 있다가 별 뜻 없이 서점에서 내놓은 중고 책들을 뒤적이기 시작했는데, 그때 집어든 게 제인 구달의

『희망의 이유』일본어판이었다. 첫 페이지를 열자 메시지가
적혀 있었다.

Dear Kyoko, Follow Your Dream.
Jane Goodall.

교코, 너만의 꿈을 따라가.
제인 구달.

순간 나는 교코는 아니었지만 제인 구달의 영혼이 나를
향해 말하고 있다는 느낌을 강렬하게 받았다. 멸종 위기 동
식물을 연구하며 지구의 사라져가는 아름다움을 붙잡고 싶
다는 꿈을 꾸고는 있는데, 실험실에서 연구를 한답시고 벌
노랑이에게 인공조명을 쬐고 농약을 치면서 진딧물을 잡는
내 모습에 자괴감을 느낄 때라서 그랬을까. 아니면 실내에
서 단정하게 가운을 입고 반복적인 실험을 통해 진리를 캐
내는 일보다는 차라리 한 마리 야생동물처럼 새벽부터 해
질 녘까지 숲속을 누비는 편이 나답다는 걸 직감했을 때라
서 그랬을까. 여하튼 지금이라면 '교코는 그래서 그녀만의

꿈을 따라가고 있을까?' 하고 싱긋 웃고는 대수롭지 않게 책장을 덮었겠지만, 젊은 날의 나는 저 메시지 한 줄과 Your 아래 그어진 밑줄을 심지 없이 불안하게 흔들리는 마음속에 깊이 새겼다.

주머니에 든 동전 몇 푼으로 바로 책을 사서 한국까지 들고 돌아왔지만 내용은 들춰보지 않고 내내 소장만 하고 있다. 그러니까 제인 구달의 책이 아니라 그녀의 육필 한 줄을 내 것으로 만들어 잊고 싶지 않았던 거다. 그때부터 나는 꿈이 뭔지 자신 있게 말할 수 없게 되었다. 아무리 좋은 꿈이라도 과정이 평화롭지 않으면 안 된다고 다짐했다. 꿈이 없어도 매 순간 평화롭게 걸어나가는 편이 차라리 낫겠다고, 나만의 꿈은 아직 발견되지 못한 것일 뿐 평화롭게 걸어가는 과정 속에서 언젠가는 뚜렷한 형상으로 자연히 드러나게 될 거라고 믿었다.

다행히 구름이 걷히고 하늘이 더없이 밝아졌다. 나는 보현에게 금방 돌아오겠다고 말하고 봄날의 소망 하나를 이루러 밖으로 나왔다. 송홧가루가 날려 노래진 차창을 닦자 한라산 정상이 깨끗하게 보였다. 차를 몰고 꽃밭을 찾아 헤매다가 중산간의 좁은 길 옆에서 드디어 쓰러지고 싶은 유채꽃밭을 발견했다. 갓 핀 유채꽃들이 빽빽하게 모여서 노란 웃음을 터뜨리고 있었다.

차를 세웠다. 주위에는 아무도 없었다. 꽃밭으로 곧장 달려가 폭! 쓰러지지……는 못하고, 무릎 깨질까 봐 돌담을 슬쩍 넘어서 조심조심 꽃밭 안으로 들어갔다. 꿀벌들이 열심히 꽃꿀을 따고 있었다. 쏘일까, 벌들에게 방해될까, 잔걱정을 하며 꽃 숲을 아주 천천히 헤치고 깊숙이 들어가 쪼그리고 앉았다. 콧속까지 밀려오는 유채꽃 꿀 내음, 촉촉한 꽃대, 온몸에 묻는 샛노란 꽃가루, 바람이 흔들면 들려오는 꽃들의 웃음소리.

아, 행복해. 두 눈을 감고 양손을 가슴 위에 얹은 채 그대로 천천히 쓰러지자 꽃들이 나를 단단히 받쳐주는 게 느껴졌다. 꽃들이 나를 받아주네. 안아주네. 꽃의 세상에 이렇게 들어왔네. 꽃의 축복을 받는 순수한 기쁨이 전신으로 퍼져나갔다.

파란 하늘을 올려다봤다. 유채꽃들이 모두 상냥한 얼굴로 싱글싱글 웃으면서 높은 데서 나를 내려다보며 신기해했다. 앳되고 밝은 영혼들 속에 파묻혀 멀거니 텅 빈 하늘을 바라보던 중, 느닷없이 죽음이 생각났다. 아아, 꽃들과 하늘과 사랑하는 사람들 모두가 나를 내려다보는 때는 내게 죽음이 찾아온 때겠구나, 하고.

눈을 감고 지금 이 순간의 나처럼 유채꽃밭에 쓰러져 죽어간 불쌍한 영혼들을 떠올렸다. 딱 이맘때 제주에 4.3사건이 발생해 억울하게 죽임을 당한 무수한 사람들이 있었다. 유채꽃들은 그때도 온 섬에 피어났을 텐데. 제주 사람들이 흘린 피와 눈물과 쓰러진 몸뚱이를 받아주고 사늘하게 식은 몸을 꽃잎으로 덮어주었을 거야. 가엾은 영혼들. 착한 꽃들. 그래도 이번에 4.3특별법 개정안이 국회 본회의를 통과해서 다행이다(2021. 2. 26.). 4월 3일 당일, 제주 평화공원의 흐린 하늘에 화해의 문 같은 커다란 아치형의 무지개가 떴다고 한다. 나도 모르게 눈물을 흘리며 기도 같은 노래를 읊조렸다.

「4월의 춤」

바다는 아무 말 없이
섬의 눈물을 모아

바위에 기대

몸을 흔들며

파도로 흐느낀다지

이유도 모른 채

죽어간 사람들은

4월이 오면

유채꽃으로 피어

춤을 춘다지

슬퍼하지 말라고

원망하지 말라고

우릴 미워했던 사람들도

누군가의 꽃이었을 테니

미워하지 말라고

모질어지지 말라고

용서받지 못할 영혼이란 없는 거라고

노래한다지

춤을 춘다지

엄마의 가슴에 안겨

얼굴을 묻은 채

멀고 먼 길을

떠나가던 날

아이가 노래했다지

슬퍼하지 말아요

원망하지 말아요

우릴 미워했던 사람들도

누군가의 꽃이었을 거야

미워하지 말아요

눈 흘기지 말아요

사랑받지 못할

영혼이란 없는 거라고

노래했다지

춤을 춘다지

노래한다지

춤을 춘다지

이렇게 노래해줘서, 위로해줘서 진심으로 고마워요. 나는 꽃들에게 좋아서 견딜 수가 없다고 속삭여 고백하는 것도 까맣게 잊고 눈물을 훔치면서 일어나 꽃밭을 빠져나왔다.

얼마 전 내게 평화와 아름다움과 나만의 꿈을 마법처럼 엮어준 배나무 형제가 있다. 고사리 장마가 찾아오기 전까지 귤 농부는 비를 타고 번지는 창가병으로부터 귤나무의 새순을 지키기 위해 보르도액을 뿌려주는데, 친환경 방제라 해도 비옷, 고무장갑, 장화, 고글, 마스크로 온몸을 철저히 가리고 작업한다. 그러다 보면 방제가 끝나갈 땐 고글 안팎이 습기와 땀과 방제액으로 범벅이 돼서 한 치 앞도 분간할 수 없을 만큼 시야가 흐려진다. 봄의 첫 방제를 마쳤을 때, 흐려진 시야 안에 환하게 꽃을 피운 나무 한 그루가 아스라이 흔들리는 게 들어왔다. 우리 밭 주변에 벚나무는 없는데 어떻게 된 일이지?

고글을 벗고 비척비척 걸어가 보니 벚나무인 줄 알았던 나무는 시유지에 있는 배나무 형제 중 형 나무! 이렇게 건강한 꽃을 가득 피워내다니! 내 눈을 믿을 수가 없었다. 아무도 돌봐주지 않던 배나무 형제. 어느 날, 누군가가 몰래

버리고 간 각종 폐기물과 삼나무 토막에 깔려 한순간에 죽을 고비를 맞았던 아우 나무.

그날 남편은 몹시 화가 났었다(남편은 정말로 화가 나면 큰 소리를 내지 않고 되려 입을 꾹 다물고 한동안 아무 말도 하지 않는다. 그리고 나서 마음속으로 단단히 결심한 걸 조용히 실행에 옮긴다). 남편은 다음 날인가 면사무소에 가서 시유지를 임대하겠다고 했고, 시유지 안의 나무들을 보듬으려 했다. 하지만 누군가가 힘을 써서 얼마 못 가 취하되었다. 그런 수난을 겪은 배나무 둘이 여태껏 살아 있는 것만도 대견한데 형 나무가 올봄 이토록 아름다운 모습으로 되살아나다니.

다음 날, 남편의 손을 꼭 잡고 다시 배나무 형제를 만나러 갔다. 남편도 할 말을 잃고 놀라워하며 형 나무, 아우 나무를 대견한 듯 바라보고 쓰다듬었다. 90도로 꺾인 아우 나무도 아직 살아 있었다. 그게 다가 아니다. 삼나무 더미를 피해 옆쪽으로 가는 가지를 뻗어서 그 끝에 보드라운 잎사귀 세 장과 배꽃 한 송이를 살랑살랑 매달고 있었다. 형 나무가 땅속 뿌리로 아우 나무를 살려주고 있었던 것 같다. 왠지 그런 것 같았다.

평화는 끈질기게 화해하자고 손 내미는 것. 그래서 아름다울 수밖에 없는 것. 아무도 미워하지 않고, 원망하지 않고, 모질어지지 않고. 자기에게 총을 겨누는 상대에게 그러지 마요, 우리 화해해요, 하고 자신의 가장 연약하고 보드라운 속살을 있는 그대로 내보이면서 웃음 짓는 것.

이제 나도 누군가가 꿈이 뭐냐고 물으면 있기는 한데 설명하긴 좀 어렵다고 대답할 수 있겠다.

"언제까지나 평화롭게 아름다움을 피워내는 거요. 제가 아는 배나무 형제처럼요."

뿌리

  아버지가 가벼운 수술을 받게 돼서 며칠 휴가를 내고 친
정이 있는 서울에 다녀왔다. 매일 돌봐야 하는 보현이나 화
분 속의 식물과는 달리 땅속에 뿌리내린 귤나무들은 잠시
내버려둬도 알아서 몸을 챙기며 새순을 키워간다. 내게 시
간을 허락해준 나무들에게 새삼 감사했고, 그 독립심과 어
른스러움을 닮고 싶다고 생각했다.
  아버지가 입원하신 병원으로 부리나케 달려갔는데, 코로
나19 확산 방지 조치로 병문안이 금지되었다. 게다가 병원
업무 시간 외에는 출입 자체가 불가능해 간병은커녕 아버

지를 제대로 한 번 뵙지도 못하고 내려왔다. 코로나19가 환자는 더욱 외롭게, 의사와 보호자는 더욱 고되게 만드는구나⋯⋯. 병원을 찾는 사람들 모두 고생이고 안쓰러웠다.

나는 아버지의 수발을 홀로 들고 계신 어머니를 도와 친정과 병원을 오가며 잔심부름을 하거나 집과 부모님 사무실을 지키는 정도밖에는 할 수 있는 게 없었다. 친정과 병원 사이에는 마침 어린이대공원이 끼어 있었다. 덕분에 공원을 원 없이 걸어 다녔는데, 어릴 때부터 많은 시간을 보낸 곳이라 그런지 구석구석, 길이란 길은 죄다 외고 있었고 발이 절로 움직이며 병원 쪽을 향하는 게 신기할 따름이었다.

친정이 있는 동네는 유년기 대부분을 보낸 고향 같은 곳이다. 그런데 내가 생각해도 좀 지나치다 싶을 정도로 골목이나 장소에 별다른 향수도, 애정도 느끼지 못했다. 번잡하고 때 묻은 골목 속에서, 빠르게 짓고 부수는 건물들 아래서, 내 어릴 적 기억들은 벌써 지워졌다고 생각했다.

나도 고향이 갖고 싶었다.

'그렇다면 늘 그립고 돌아가고픈 동네를 고향으로 삼으면 되지 뭐.'

다행히도 다 자라서 유학을 떠난 교토, 남편과 보현을 처음 만난 서울의 북촌 한옥 마을에 애틋함이 있다. 고즈넉하게 흐르던 시간을 따라서 발자국을 남기며 걸었던 모든 길에 진한 향수를 느낀다.

그런데 진달래와 철쭉이 알록달록하게 핀 어린이대공원 후문에 점점 가까워지자, 내 안에 잠들어 있던 어린 시절이 회전목마의 말들처럼 차례로 떠오르더니 이야기를 하나씩 풀어놓기 시작했다.

어느 봄날 분수대에서 엄마가 뜬금없이 '엄마 잃어버리기 놀이'를 시작했었지, 세상 무너질 듯 울면서 하염없이 엄마를 찾아 헤맸는데 짓궂게도 엄마는 내 등 뒤에 숨어 있었어. 가로수 사이 간격이 수종마다 왜 다른지 궁금했었어. 나름 추론했는데 어떻게 결론을 냈는지는 까먹었네. 떨어지는 은행잎을 잡으면 행운이 온다는 말은 누가 했는지 친구랑 은행나무 아래서 우수수 떨어지는 노란 잎들을 몇 시간씩 맞으며 그중 하나를 붙잡으려 했어. 무궁화원에서 잠자리채를 휘둘러 잡은 잠자리와 나비들, 잔인하게도 가슴팍에 핀셋을 꽂아 보물처럼 소중하게 수집했는데, 그때 난 죄를 지었던 거구나. 눈 내린 새벽, 후문 담장 사이로 몸을 빼내서 몰래 공원에 들어가기도 했어. 관리인에게 붙잡히는 상상을 하면 왠지 오금이 저렸지. 텅 빈 공원의 깨끗한 눈길에 총총총 첫 발자국을 남길 때는 어찌나 기쁘고 설레던지.

이 공원은 어린 나를 하염없이 받아주고 놀아준 보모였다. 고개를 뒤로 젖혀 그때보다 한층 더 높아진 늙은 은행나무를 올려다봤다. 어딘가에서 딱따구리 소리가 들려왔다. 라일락꽃 향기가 흐르고, 겹벚꽃나무 아래 아기를 태운 유아차를 엄마가 자장자장 노래하며 천천히 흔드는 모습이 보였다. 하늘에 스치는 흰빛을 좇자 쇠백로 두 마리가 날고 있었다. 나는 아버지를 도우러 온 것도 잠시 잊고, 공원과 주고받은 정답고 찬란한 기억들을 떠올리며 행복했다. 내 어린 시절이 공원에 뿌리를 내리고 여전히 생생하게 살아 있다는 걸 확인한 값진 시간이었다.

병원에서는 시간이 어떻게 흘러가는지 몰랐다. 시간이 멈춘 것 같기도, 사라진 것 같기도 했다. 사람들은 정신 없고 걱정하고 한숨을 내쉬었다. 나도 대부분의 시간을 기다리면서 기도하는 데 흘려보냈다. 아버지가 수술을 무사히 마치고 예정대로 퇴원하게 됐다는 어머니의 말을 전해 듣고서야 모든 게 괜찮아지면서 식욕이 돌았다. 퇴근 후에 친오빠가 사주겠다는 파스타가 신선하고 맛있으면 좋겠다고 생각했다. 조카 윤슬이는 그새 얼마나 더 자랐을까? 며칠 후면 일곱 살 생일을 맞는 윤슬이의 선물을 챙겨서 전철을 타고 안양으로 갔다.

'정말이지, 들판에서 쑥쑥 올라오는 고사리가 따로 없네.'

조막만 한 얼굴은 그대로인데 팔다리만 쭈욱 길어진 윤슬이가 부끄럼을 타며 차에서 내렸다. 우리는 서로 포옹을 한 뒤 정원과 테라스가 있는 널찍하고 여유로운 레스토랑 안으로 들어갔다. 식전 빵과 바질 소스가 나왔고 직원은 유리온실에서 직접 키운 바질로 만든 소스라고 설명했다. 풋풋하고 부드러운 맛에 다들 좋아하며 빵에 듬뿍 묻혀서 먹었다. 윤슬에게 선물을 건넸더니 포장지 안을 슬쩍 들춰보고는 "역시"라며 엄마를 바라봤다. '내가 너무 그림책만 줬나' 하는 걱정도 잠시뿐 그 자리에서 책장을 획획 넘기며 재미있다고 한 번 더 읽는 모습에 마음이 놓였다. 맛난 요리를 먹고 기분이 좋아진 윤슬이는 자리에 올라서서 깡충거렸고 우리 셋은 말리면서도 웃음을 터뜨리며 즐거워했다.

식사를 마치고 우리가 먹은 바질을 만나러 유리온실로 들어갔을 때, 뜻밖의 광경에 놀라고 말았다. 바질과 버터헤드레터스 모종들이 무균실 안에서 자라고 있는 게 아닌가! 화분은 엄지손톱보다 약간 컸을까. 화분 안에는 흙 대신 살균된 배지(培地)가 채워져 있었고, 물로 재배되는 듯했다. 무균실이라면 이 안에 병해충도 없겠지만 익충이나 미생물 또한 단 한 마리도 없다는 얘기다. 순간 거부감이 일었으나 가만 생각해보면 우리가 먹는 대부분의 딸기도 이미 흙에서 재배되지 않는다. 비닐하우스 안의 인공 상토에서 물로 키운다.

사람이야 기상천외한 방식으로 먹거리를 생산하고 소비한다 쳐도, 바람도 불지 않고 새도 찾아오지 않고 지렁이도 없는 무균실에서 크는 식물들은 외롭지 않을까? 너무도 지루한 나머지 불행해서 시들지는 않을까? 그 고독감은 누가 알고 달래줄까…….

오빠네와 헤어지고 돌아오는 길, 혼자가 되었을 때 비로

소 나는 생각에 잠길 수 있었다. 그 조그만 바질과 버터헤
드레터스 아기들은 무균실이 고향이겠구나. 지저분한 골목
도, 시끄러운 소음도 없는 고향이지만 지나치게 깔끔한 나
머지 기억할 거리라곤 없는 슬픈 고향일 거야. 왠지 헛헛하
고 쓸쓸했다. 그리고 탁 트인 야외에서 온갖 병해충과 궂은
날씨를 받아내면서도 꿋꿋하게 생기로운 귤을 키우는 농원
의 나무들이 그리웠다. 어서 만나러 가고 싶었다.

　제주공항에서 탄 택시가 집 근처에 다다랐을 때, 언덕길
너머로 크고 우아하게 출렁이는 서쪽 바다가 눈에 들어왔
고, 안도감과 나른함이 동시에 밀려왔다. 단 며칠 사이 제주
의 풍경은 봄의 끝물로 바뀌어 있었다. 청보리 이삭에 여우
털빛이 번지고 유채는 콩깍지 같은 씨방을 조롱조롱 달았
다. 돈나무꽃도 낮달맞이꽃도 피어났다. 숲속에서는 관광
객보다 고사리를 캐고 다니는 일명 고사리 헌터를 더 자주
마주쳤다. 그리고 드디어 제비 한 마리가 우리 집으로 날아
들었다!

　곡우 날, 농원으로 달려가서 푸른 하늘 아래서 손 흔드는
나무들에게 나도 보고 싶었다고 인사했다. 그날은 윤슬이
의 생일이었다. 하늘에서 단비가 내리면 두 손에 고이 받아

보현의 얼굴을 씻겨주려고 했는데, 올해는 윤슬이가 단비 대신 해님으로 우리에게 내려왔다.

흙냄새가 맡고 싶어서 허리를 숙였다. 밭 군데군데를 파서 냄새를 맡고 손으로 비벼봤다. 광물과 유기물의 갖은 향내가 뒤섞여서 코 안으로 훅 전해졌다. 나는 더욱 깊게 숨을 들이켜며 기꺼이 그 냄새를 맡았다.

여 름 의
문 턱

立 入
夏 하

"삐이삐우ㅣㅅ, 쁘ㅎ삐우ㅣㅅ."

현관문 밖에서 새 하루가 시작된 걸 알리는 수컷 제비의
첫 노랫소리가 들려온다.

그 소리를 들은 보현이 자기 침대에서 폴짝 뛰어내려와
마루를 어슬렁거린다. 시계를 보지 않고도 알 수 있다. 새벽
5시다. 암막 커튼 너머의 푸른빛이 빠르게 밝아온다. 어떤
날은 4시 58분, 어떤 날은 5시 5분. 5분 내외의 오차가 있지
만 제비가 소리를 높여 우리를 깨우는 시각은 거의 똑같다.

트라이앵글 소리처럼 카랑카랑 맑고 찬 제비의 노래를 들으며 깨어나는 요즘, 하루를 맞는 기쁨이 배가 되었다.

보통은 4월 첫날 전후로 긴 비행을 마친 제비 떼가 해쓱한 얼굴로 바다 마을에 내려앉고, 하나둘 짝을 지어 마음에 드는 집에 둥지를 틀고 새끼를 친다. 4월 하늘에 제비가 나타나는 제비 시계가 하도 정확해서 올해도 제비의 일상은 섭리대로 흘러갈 거라고 생각했다.

그런데 얼마 안 가 여러 가지가 달라진 게 보였다. 일단 마을을 찾은 제비 수가 적어진 느낌이고, 우리 집에는 수컷 제비가 홀로 입주부터 했다. 현관 벽의 집터부터 찜하는가 싶더니, 종일 들락날락거리며 진흙 덩이를 물어와서 헌 둥지에 덧대느라 바빴다. 새벽부터 쉴 새 없이 일하다가 오후 1시쯤 판자 위에서 꾸벅꾸벅 조는 제비가 안쓰러웠다. "제돌아, 제돌아. 싱글족이라면 모를까, 호화로운 저택부터 지어놓고 짝지를 못 만나면 허전해서 어떻게 할래?"라고 말하며 며칠을 지켜봤는데 싱글족은 아니었던 모양이다. 금방 사귄 여자 친구를 데려와서 집터를 보여주고, 대문 위 전깃줄에 서로 멀찌감치 떨어져 앉아 데면데면하게 날개깃을 골랐다.

남편도 나도 새 식구가 늘겠다는 기대에 마음이 부풀어서 수컷은 제돌이, 암컷은 제순이라 애칭하며 가능한 무심한 척 둘을 관찰했다. 그런데 어쩐지 제순이는 제돌이가 찜해놓은 집터가 별로인 듯하다. 진흙 덩이를 열심히 나르던 제돌이도 리모델링을 중단하고 제순이와 속사포로 격한 논쟁을 벌였다.

"ㅃㅇ잇ㅜ어ㅃㅅ잇이잇뜨웃삐삐이왓으삐쁘잇쁘잇ㅃ."

성격도 정반대다. 제순이는 아주 내성적이라 입을 꾹 다물고 앉아 있다가 우리가 눈길만 줘도 날아가버리는데, 제돌이는 사람이 오든 말든 신경 쓰지 않고 늘 뭔가를 하느라 바쁘고 노래도 수다스럽다. 밤이면 제돌이는 현관문 도어체크(Door check. 문이 천천히 닫히게 하는 장치)에 앉아서 잠을 잔다. 우리가 끼익 하고 문을 열어도 움직이는 도어체크 위에서 쿨쿨 잘도 자는데 곁에 제순이는 없다.

'따로 자네⋯⋯.'

다음 날에는 제순이가 물 창고 쪽 제일 구석진 헌 둥지에 들어가 있었다. 제돌이는 바로 옆 다소 비좁은 헌 둥지에 들어가 있었다.

　'각방 쓰네…….'

　전깃줄에 나란히 앉은 모습을 보긴 했지만 서로 등을 돌리고 있었다……. 제돌이는 현관 벽 집터를 고집하고 제순이는 되도록 사람 눈에 띄지 않는 구석진 물 창고 집터를 원하는 것 같았다. 제돌이는 우리 집에서 나고 자란 제비는 아닐까? 제순이와 달리 친숙한 고향 집이라서 이렇게 마음 놓고 지내는 건지도 모른다. 둘 사이는 이대로 괜찮은 건지. 헤어지려나. 하필이면 이때 수컷 제비 한 마리가 나타나서 둘 주위를 맴돌고…….

　작년에는 진즉에 사이좋은 제비 부부의 아가들이 줄줄이 알을 깨고 세상 밖으로 나왔다. 둘의 대화를 엿들으며 갖가지 상상에 빠져본다. 새와 사람 마음은 매한가지라 무슨 일이 일어나든 이상하진 않겠지만 제돌이와 제순이, 먼 길 힘겹게 날아온 만큼 제주에서 가능한 한 상처받지 않고 행복하게 머물다가 되돌아가면 좋겠다. 제돌이는 한숨 돌리면서 "삐악삐악" 하는 미약하고 다정한 소리로 제순이를 달래다가 "위잇, 위잇, 뜨르ㄹㄹ" 노래한 뒤 동쪽 하늘로 날아올라 사라졌다. 제순이도 곧 뒤따라갔다.

시 노트에 제돌이와 제순이의 대화를 언어로 남기려고 애썼으나 쉽지 않았다. 차라리 악보라면 모를까, 제비의 노래는 인간의 언어로 옮기기도 붙잡기도 힘든, 그 자체로 특유한 천상의 노래다. 그건 그렇고, 나는 새들이 지저귀는 소리를 왜 노래로, 음악으로 느끼는 걸까? 모든 새는 노래한다고 어째서 당연하게 여기는 거지?

문득 궁금하다. 새들의 말에는 운율과 음정이 있고, 기분 좋은 음색과 음량으로 지저귄다는 데 힌트가 있는 것 같다. 새들도 사람의 말에서 음악을 느낄 수 있다면 기쁠 텐데……. 글쎄, 어떨는지 모르겠다. 조곤조곤 다정한 목소리로 말하면 그럴지도. 사람이 만든 음악을 새들이 음악으로 좋아해주고 감상하는 모습은 여러 번 봤다. 아침에 창문을 활짝 열고 섬세한 음악을 틀어두면 마당에 놀러온 새들이 더 오래 머물면서 즐겁게 노래한다는 느낌을 받았다. 우리 집에서 태어난 멧비둘기 남매가 아오바 이치코(일본의 싱어

송라이터)의 투명한 노래를 들으며 낮잠에 빠져드는 모습을 본 적도 있다. 그때 사람이 새에게 줄 수 있는 유일한 선물은 어쩌면 바람결에 실려 보내는 음악이 아닐까 생각했다.

여름의 문턱에서 귀를 기울이면, 갓난 것들이 마음 놓고 무럭무럭 자라는 순수한 기쁨의 노래가 도처에서 들려온다. 민들레 핀 보드라운 풀밭에서 망아지는 엄마 젖을 빨고, 동백나무, 참식나무, 보리수나무의 매끈하고 여린 새잎은 나날이 초록으로 짙어간다. 마을 길은 빨간 덩굴장미가 장식하고, 초당옥수수가 쭉쭉 뻗는 하늘 위를 제비들이 사인을 남기듯이 아름다운 곡선을 휘갈기고 떠난다. 하천에는 물총새가 찾아왔다. 등줄기를 흐르는 휘황한 에메랄드 빛이 여름의 바닷물을 흠뻑 발라놓은 것만 같다. 허공에서 물속으로 곧장 뛰어들어 물고기를 낚아서 배를 채운다.

농원의 귤나무에도 귤꽃이 왔다. 방울방울 망울진 꽃봉오리가 하나, 둘, 벌어지고 다음 날엔 셋, 여섯, 벌어져서 지금 농원은 꽃의 왕국이다. 그윽한 향기가 봄 안개처럼 충만하다. 이때는 귤밭에서 잠들지 말라는 말이 있다. 꽃향기에 취해서 정말로 위험할 수 있단다.

전정한 가지에 달린 여왕님 한 분을 얼굴 가까이로 모셔온다. 다섯 장의 순백색 꽃잎이 뒤로 젖혀지고 정 가운데 촉촉한 암술머리를 수술들이 울타리처럼 정연히 두르고 있다. 수술머리는 S자로 우아하게 굽이졌고, 하늘에 비추자 꽃잎에는 자잘한 형광 노란색 동그라미가 점점이 나 있다. 곤충들을 매혹할 만한 예쁜 무늬다.

나는 귤꽃 여왕님께 경배를 드린 뒤 오두막 위에 올라서서 흰빛으로 반짝이는 농원을 황홀하게 내려다보았다. 남편과 보현을 9년 전 이때 서울의 북촌에서 만났다. 우리는 둘 다 반팔을 입고 있었지만 낮에는 볕이 따갑고 땀이 흐를 만큼 더웠고 저녁은 사늘해서 어깨에 담요를 두르고 늦은 밤까지 이야기를 나눴던 기억이 난다. 그로부터 흘러 흘러 우리는 함께 북촌에서 제주로 왔고, 부부가 됐고, 오두막을 짓고, 귤나무를 돌보게 됐다. 그땐 어디 상상이나 했을까. 이렇게 무수한 귤꽃들의 축복 속에서 우리가 처음 만난 날을 기릴 수 있으리라곤. 아무런 말도 떠오르지 않는다. 지극히 복되고 감사하다.

남편은 자신이 만드는 음악 딱 그만큼의 깊이로 아름답고 기품 있게 내 곁에 머물러왔고, 그런 남편을 따라서 나도 인간적으로 많이 성숙할 수 있었고 세상의 아름다움도 더 열심히 캐낼 수 있었다. 노래하는 새 한 마리가 9년 동안 떠나지 않고 내 곁에 머물러 있다는 게 신비롭다. 그리고 여전히 떨린다. 그를 가장 잘 이해한다는 사람이 된 지금, 앞으로 누구보다도 그를 자유롭게 해주자고 다짐한다.

초록

小 소
滿 만

차를 몰고 농원으로 가다가 앞바퀴로 아기 뱀을 치고 말았다. 먼저 밭에 가 있는 남편에게 점심으로 뭘 먹자고 할지 별로 중요하지도 않은 생각에 빠져 있다가 벌어진 일이었다. 도로 한가운데 나뭇가지가 떨어져 있는 줄만 알았는데 그게 갑자기 꿈틀거렸고, 속력을 늦추기엔 이미 늦었다. 죄를 짓고 말았다. 승려가 하안거를 하는 이때, 나는 농원에서 방제를 한다며 이미 많은 살생을 저지르는데 죄 하나를 더 했더니 마음이 무겁다. 당분간 운전할 땐 집중하고 속력도 50킬로미터 이상은 내지 말자고 굳게 다짐했다.

풀. 풀. 풀들. 베고서 뒤돌아서면 다시 자라나 있는 귤밭의 온갖 풀들. 무릎 높이까지 자란 찔레와 멍석딸기 가시가 바짓가랑이를 갈고리처럼 찍어서 앞으로 걸어 나가기가 힘겹다. 환삼덩굴은 손을 뻗어 귤나무의 처진 가지를 이미 낚아챘다. 『잭과 콩나무』의 콩 줄기처럼 귤나무 꼭대기까지 타고 올라가는 건 시간문제다. 봄 순은 작년 가을 순만큼 커져서 무성해지고 신록이 초록으로 짙어간다. 말린 새순 끝 뒷면에 깨알 같은 진딧물이 바글바글 꼬여 있다. 그 진딧물을 이용하려는 개미 일꾼이 모여든다. 진딧물을 먹기 위해 무당벌레가 날아들고, 개미는 필사적으로 무당벌레의 접근을 방해한다. 쌍살벌이 벌집 자리를 알아보려는 듯 귤나무 주위를 정찰하고 유유히 사라진다.

낮더위에 땀이 흐르자 모기가 한두 마리씩 붙는다. 귤 가지에 손을 잘못 뻗으면 똬리 튼 뱀을 건드릴 수도 있다. 톡톡 튀고 들썩이고 먹고 먹히고 나날이 복잡해져 가는 생태 그물로 뛰어든 지금, 나는 인간이 아니라 가위 손을 한 덩치 크고 굼뜬 한 마리 곤충이다. 꽃잎 진 자리에 생긴 초록색 꼬마 귤을 지키려고 필사적으로 노력하지만 얼마나 도움이 될지, 도움이 되기는 할지 잘 모르는 조금은 바보스러운 곤충이다. 무아지경이 돼서 보이는 대로 풀을 베고 덩굴을 걷고 가지를 치다 보면 머리도 마음도 텅 비어 그냥 여름풀처럼 초록이 되어버린다. 땀 흘리지 않고 콧노래를 흥얼거리며 우아하게 농사짓는 시기는 이제 끝났다. 여름 농사가 시작된 것이다.

의외로 날 가장 힘들게, 아니 두렵게 하는 건 가시 돋친 풀도, 뱀도, 더위도 아니고 농원에서 마주치는 반복되는 무늬다. 자잘한 곤충 떼, 애벌레의 몸이나 병든 잎의 반복되는 동그라미, 줄무늬 같은 것들인데, 일본의 설치미술가 쿠사마 야요이의 작품을 떠올리면 쉽게 상상이 갈 거다. 일종의 환공포증이 아닐까 싶다. 다닥다닥 붙은 진딧물 떼를 보고 있으면 몸이 근지럽고 호흡이 가빠지면서 쳐다보기 힘들어 피하고 싶고, 심한 경우에는 소리지르며 그 자리에서 뛰쳐나오고 싶다(그래서 안타깝게도 곤충 도감을 똑바로 쳐다보지 못한다). 그런데 이를 어쩐담. 지금부터 늦가을까지는 형형색색 반복되는 무늬의 옷을 입은 생물들과 한 교실에서 부대끼며 공부해야 하는 게 농부의 숙명인 것을.

뾰족한 대책이 없다. 그냥 참고 한다. 머리를 비우고 먼 데 있는 푸른 하늘과 가까운 데 있는 나무의 푸르름을 보면서 숨을 돌리고, 뻐꾸기 노래를 들으면서 다시 한숨 돌리고, 나무의 기분을 헤아려보고, 농사를 방해하는 벌레들에게 "이런 데서 만나 좋을 게 없어. 이제부터 방제할 거야. 멀리 도망가!" 하고 말하면서 몸을 놀린다.

오두막의 무너진 창고 바닥도 콘크리트로 다시 메꾸고, 지붕부터 벽면, 데크까지 도장 작업을 하기로 했다. 햇살과 비바람에 뒤틀린 창고 문 조각, 시간의 때가 묻어 자연스레 변색된 연필향나무의 고동빛, 개미들이 파놓은 굴, 누르스름한 곰팡이가 핀 계단 밑을 두루 살핀다. '오두막도 살아 있는 생명이구나, 우리와 함께 나이 들고 아프고, 그래서 항상 보살피듯이 관리해줘야 건강하게 오래 살 수 있겠구나' 하고 뒤늦게서야 절절히 깨닫는다.

도장 팀장님이 일을 시작하기 전에 데크를 뒤덮은 덩굴을 걷어달라고 부탁했다. 쪼그리고 앉아서 데크 위의 덩굴을 치우자 축축한 땅이 드러나고 난생처음 보는 다족류의 곤충들이 순식간에 사방으로 흩어졌다. 곤충들이 내 다리를 넘어 도망치고 데크의 흙이 튀어 옷에 묻었다. 흙과 땀을 쓱쓱 닦으면서 나아갔다. 오두막도 나도 농원의 나무와 다름없이 이 땅과 한 몸이라고, 기진맥진한 가운데 또다시 정신은 아득해지고, 땅속 뿌리로 단단히 이어지고 얽힌 우리의 공동 운명이 순간 강렬한 이미지로 눈앞에 나타나서 전율했다.

라고 이렇게 글로 써놓는 건 무얼 얻기 위한 걸까. 땀 흘리며 일하는 노동의 순간에는 자연의 아름다움을 온전히 감상할 마음의 여유가 없다. 집으로 돌아와 씻고, 한숨 돌린 뒤에 이렇게 책상에 앉아 글로 정리하고, 노동의 순간을 돌이켜 내가 나를 관조하면서, 그때 나는 초록이 되어버렸다고 뒤늦게 의미를 찾아감으로써 비로소 충만해진다.

몸으로 삶의 춤을 추던 시간을 글로 남기지 않는다고 해서 없었던 일이 되는 건 결코 아니지만, 글로 써보지 않으면 미처 눈치채지 못하고 흘려보내는 삶의 진실 또는 의미라는 게 있는 듯하다. 여름 농사는 확실히 고되다. 그래도 견디다 보면, 귤나무에 매달린 초록색 아기 귤과 함께 어느새 훌쩍 크고 더욱 짙어진 나를 발견하게 되어 기껍기도 하다. 이 글을 쓰면서 여름 농사의 의미를 하나 더 발견해냈다. 기쁘다!

밤하늘의 별자리가 여름 별자리로 바뀌었다. 목동자리의

붉은 별 하나가 동쪽 하늘에서 매일 밤 밝게 빛난다. 하늘의 목동도 무성하게 자란 여름풀 언덕에서 양에게 풀을 뜯기느라 바쁠 거다. 나는 새벽 알람을 한 시간 일찍 앞당겨 맞춰놓고 잠자리에 들었다.

비치코밍

"물티슈 없나. 우리 하나는 어쩔 때 보면 꼭 환경운동가
같다니까. 이런 아가 어딨노."

시어머니가 우리 집에 놀러오시면 부산에서 챙겨온 물티
슈를 가방에서 꺼내시면서 이 한마디를 꼭 하고 넘어가신
다. 갑 티슈, 물티슈를 없애고 손수건을 쓰는 날 보고 불편
해하면서도 대견하다 칭찬해주시는 말씀이다. 그런데 나는
이 말을 들으면 멋쩍고 어색해서 쑥스럽게 머리만 긁적이
게 된다.

사랑하는 자연과 한데 뒤섞여 살고 있다는 데는 의심할 여지가 없지만, 그래서 자연을 배려하고 위하는 행동을 얼마나 하고 사는지 물으면 생각보다 할 말이 없기 때문이다. 식당에서 음식을 남기지 않는 정도? 손수건과 텀블러, 장바구니를 챙겨 다니는 정도일까? 그마저도 바쁘면 잊고 만다.

무엇보다 소비에 대한 욕망이 자제심을 훌쩍 뛰어넘을 때 '아, 나도 범속하고 이기적인 한 인간이구나' 하고 인정하지 않을 수 없다. 나는 빠듯한 생활 속에서도 책과 음반, 먹거리는 사치할 수 있는 한 마음껏 사치하며 사는 편인데, 그러다 보면 러시아에서 중고 음반도 주문하고, 미국에서 직구로 사프란도 받고, 영국에서 책도 시킨다.

그러다 보면 뽁뽁이를 패딩처럼 두른 물품들이 이틀이 멀다 하고 대문 앞에 속속 도착해서 남편과 나, 둘이 배출하는 택배 박스나 뽁뽁이만 해도 산더미처럼 쌓일 때가 잦다.

'어쩔 수 없잖아.'

깊게 생각하려 들지 않고 분리수거나 열심히 하면서 지금껏 살아왔다. 그러다 멈춰 서서 내가 무심코, 또는 모른 척

지구에게 저지르는 일을 마음 깊이 반성한 계기가 있었다.

'재주도좋아'라는 모임이 있다. 친구들은 비치코밍으로 주운 바다 쓰레기를 업사이클링 해서 소품을 만들고, 업사이클링 아티스트를 초대해서 워크숍을 개최하고, 매해 5월 31일 바다의 날에는 '바라던 바다' 축제를 열어 함께 바다 쓰레기도 줍고 공연, 전시, 마켓, 워크숍을 한다. 해녀학교에 물질을 배우려고 모인 사람들이 해산물 대신 바다 쓰레기를 길어 올리면서 '재주도좋아'가 탄생했다고 한다. 축제가 끝나면 축제의 장이던 해변이 어지러워지기는커녕 더욱 말끔하게 정돈되고 반짝거리는 마법 같은 모습에 반해서 나도 매년 참가하며 축제를 즐겼다. 내가 어떻게 이런 생각을 하게 되었는지 묻자 친구들은 다음과 같이 대답했다.

"웃으며 하고 싶었어요. 뭘 하든 너무 심각해지지 말자고, 뭐든지 즐겁게 하자고요! 그래야 지치지 않고 계속해나갈 수 있고, 사람들도 기분 좋게 따라올 테니까요."

바다 쓰레기, 환경오염이라는 심각하고 가슴 아픈 문제를 언제까지나 유희로 풀어냈으면 한다는 친구들의 생각이 천진하고 예술가답고 평화로워서 마음 깊이 감명을 받았다. 그들이 벌이는 즐거운 일들에는 자유로운 공기와 웃음소리가 늘 따라다닌다. 나는 그게 좋아서 자꾸만 참여했다. 친구들이 사람들에게 기대하고 이끌어내고 싶은 것도 바로 이런 자발성일 거다.

2년 전 여름에 '제주도좋아'가 단체 연락을 돌린 적이 있다.

긴급! SOS! 물고기 구조대 모여라!

태풍이 남기고 간 쓰레기로 뒤범벅된 고산리 몽돌 해수욕장으로 모여달라고 SOS를 친 것이다. 나도 물과 장갑을 챙겨서 달려갔다.

화산탄과 화산재가 층층이 쌓인 해안 절벽을 내려가자 동글동글한 검은 몽돌이 흩어져 있는 초승달 모양의 아늑한 해수욕장이 나타났다. 친구들은 벌써 도착해서 어마어마하게 떠밀려온 바다 쓰레기를 부지런히 줍고 있었다. 하늘에서는 눈이 내렸다. 센 바닷바람이 물결을 일으키면 하얀 눈가루가 밑에서부터 일면서 펄펄 날렸다. 믿을 수 없는 광경에 눈을 씻고 다시 봐도 눈송이가 친구들의 숙인 허리에 내려앉는 게 보였다. 가까이 가서 보았다. 그건 스티로폼 가루였다. 스티로폼을 먹고 죽은 가시복 한 마리가 내 발치에서 쓸쓸하게 스티로폼 눈을 맞고 있었다.

밧줄, 부표, 샌들, 소주병, 라이터, 스펀지, 깨진 도기, 그물, 페트병, 라면 봉지, 장난감, 낚싯대, 스프레이, 모자······. 떠밀려온 바다 쓰레기를 열거하자면 이 페이지 한 바닥을 전부 채울 수 있다. 나는 가시복이 가엾고 가여웠다. 차마 고개를 들 수 없을 정도로 인간인 내가 너무도 부끄러웠다. 하지만 부끄러움과 안타까움은 마음에 묻어두고 친구들의 얼굴을 보면서 웃으며 힘내지 않으면 안 됐다.

그날도 친구들은 해맑고 씩씩했다. 땀을 뻘뻘 흘리면서 바다 쓰레기를 마대에 모으고 이고 지며 열심히 날랐다. 누가 시키지도 않은 선한 일을 그저 바다가 좋다며, 아름다운 바다를 지키고 싶다며 즐겁게 해내는 친구들이 자랑스러웠고, 나도 그런 사람이 되고 싶었다. 그들에게 예술 작품은 드넓은 바다 그 자체였다. 깨끗하고 투명한 바다는 생애에 걸쳐 이루려는 완성작의 모습일 것이다.

집으로 돌아와서 크고 작은 시도를 해보았다. 스티로폼

사용을 줄이고, 농자재를 친환경으로 바꿔달라며 국민 청원을 올리고, 분리수거법을 공부하고, 주방용품을 친환경 물건으로 교체하고, 육고기는 동물복지 인증품을 사 먹고, 친환경 포장재를 쓰는 물품을 고르고, 근거리에서 장을 보는 등등. 노력했지만 안 되는 것도 수두룩했다. 나 자신의 한계를 고스란히 들여다보는 시간이었지만, "뭘 하든 너무 심각해지지 말자고요. 뭐든지 즐겁게 하자고요!"라던 친구들의 말을 떠올리면서 해볼 수 있는 건 전부 즐겁게 해봤다.

올해도 '바다의 날' 전날에 고산리 해변에서 '바라던 바다' 축제가 열렸다. 코로나19로 한데 모여 즐기는 축제는 아니었고, 각자 흩어져서 비치코밍을 하며 조용히 축제의 기쁨을 나누는 시간을 가졌다. 하늘은 티 없이 맑고 바람 잔 날이었다. 남편도 소리를 주우러 헤드폰과 마이크를 챙겨서 함께 갔다.

차귀도 여객선 선착장에 차를 세우고 좁고 고불고불한 해안도로를 따라 해변까지 걸어갔다. 어부들은 몸통을 가른 오징어를 널고 있었다. "꼭 이런 너럭바위 틈에 벌노랑이가 살거든. 바다가 내려다보이는 둔덕에 말이지……"라는 말이 끝나기도 전에 눈앞에 병아리들처럼 오밀조밀하게 모여 있는 벌노랑이가 나타났다.

"와!"

몇 년 만에 우연히 친구를 마주친 것처럼 뛸 듯이 반가웠
다. 벌노랑이가 내다보는 망망대해에는 초록 풀 모자를 쓴
차귀도가 부드럽게 솟아 있었다. 아름다운 곳에서 살고 있
구나. 잘됐다. 더 이상 친구를 실험 대상으로 바라보지 않아
도 돼서 마음이 편했다.

드디어 바다 쓰레기가 모여 있는 목적지에 도착했다. 우
리는 무성한 갯강활 숲을 헤치고 햇볕에 달궈진 너럭바위
해변으로 내려갔다. 좋은 날씨에 주말까지 겹쳐서 관광객
이 많았다. 소리를 채집하는 남편 곁에서 커플들이 물장구
를 치고, 바다 쓰레기를 줍는 내 손 위로 관광객의 발이 끊
임없이 지나갔다. 스티로폼을 손가락으로 긁어모으는 내게
한 분이 다가왔다.

"뭘 캐시는 거예요?"
"스티로폼이요."

"아, 난 또……."

남편이 가까이 다가와서 말했다.

"잘하고 있어? 한 번 더 와야겠는데. 사람 소리도 많이 들어가고 좀 어수선하네."
"한 마대는 채웠어. 응, 그러자. 내일 또 올까?"

　돌아가는 길에 참가자 대상으로 선물 뽑기를 했다. 열쇠고리 당첨! 파도치는 문양을 넣어 납작하게 누른 페트병 뚜껑에는 '바라던 바다'가 양각으로 찍혀 있었다. 사람 마음은 참 간사하다. 방금 전까지 쓰레기로만 보였던 페트병 뚜껑이 형태를 바꾸자 바다의 목소리가 담긴 소중한 보석처럼 느껴진다.
　다음 날, '바다의 날' 아침에 우리는 한 번 더 해변으로 갔다. 어제보다 조금은 더 깨끗해진 해변이 내려다보였다. 남편은 바닷물이 찰랑찰랑 닿는 갯가 끝까지 내려가서 마이크를 설치하고 헤드폰을 썼다. 한 시간 이상 바닷소리에 귀기울이는 남편의 뒷모습이 검은 몽돌처럼 가만히 빛났다.

"밀물이 점점 차오르고 있어……."

남편 바로 옆의 커다란 바위에 바다직박구리 한 마리가 내려앉더니 노래를 부르기 시작했다.

지금 바다는 남편에게 무슨 이야기를 들려주고 있을까? 남편은 어떤 소리를 마음에 담아 돌아갈까? 쓰레기를 줍다가 몸을 일으켜 드넓은 바다에 안긴 듯 보이는 남편을 바라보며 바다에게 말을 건넸다.

투명하게 넘실대고 한없이 노래하는 바다야, 내가 네게 바라는 바가 있듯이 너도 내게 바라는 바가 있겠지. 그건 뭐니? 알고 싶구나.

멧 비 둘 기 의 고 향 집 1
-페이와 티엔, 메이와 준 이야기

우리 집 마당에는 소나무 위에 집이 한 채 더 있다. 굵은 줄기가 Y자에서 다시 Y자로 갈라지는 곳에 솔잎을 엉성하게 깔아서 만들었는데, 우리가 경치 구경하려고 만든 건 아니고 멧비둘기들이 지은 집이다. 엉성하다고 표현해서 미안하지만, 집이라기엔 너무 대충 지은 듯 마른 솔잎 한 줌을 엮지도 않고 방석처럼 깔아놓은 게 전부라 센바람이 불면 그마저도 흩어지고 쓸려 내리기 일쑤다.

내 눈에는 엉성해 보이는 집이, 멧비둘기들에게는 둘도 없는 고향 집인지 꼭 같은 집으로 많은 멧비둘기들이 찾아오고, 놀다 가고, 짝을 데려오고, 새끼를 낳아서 키웠다. 페이와 티엔, 메이와 쥰, 장미와 바비, 그리고 또……. 족보를 만들어놔야 헷갈리지 않을 정도다.

올해도 얌전하고 책임감 있어 보이는 한 쌍의 멧비둘기가 날아들었다. 고향 집을 손본 뒤에 알 품기를 시작하는 것처럼 교대로 둥지에 앉아서 사나흘을 꼼짝하지 않았다. 나와 남편은 우리 집에서 하지의 밝은 기운을 듬뿍 받은 생명이 탄생하려나 보다며 출산일을 고대했다.

그런데 무언가 일이 잘 풀리지 않았던 걸까. 어느 날 밭일을 마치고 돌아오니 암컷이 둥지 밖으로 나와서 둥지 안을 들여다보며 "구우구ㅓㅅ, 흐엇어, 구우구ㅓㅅ, 흐엇어" 하는 소리로 짝을 자꾸 불렀다. 그러면 보통은 5분 안에 어김없이 짝이 나타난다. 그런데 오지 않았다. 암컷도 당황해하며 몇 번을 더 부르다가 그만두고는 날아가버렸다. 알을 낳고 싶었는데 뜻대로 안 돼서 실망한 걸까? 상상임신을 했다가 문득, 빈 둥지를 보고 낙심하며 멀리 떠나간 걸까? 대문을 열고 소나무 위 둥지가 비어 있는 걸 확인할 때면 수컷을 큰 소리로 애타게 부르던 암컷의 모습이 떠올라서 마음 한쪽이 아릿해진다.

올여름이 가기 전에 한 번 더 올 거라는 예감은 여전하다. 오게 된다면 우리는 함께 태풍을 견디며 새끼를 지켜야 할 것이다.

사람들은 비둘기나 참새와 친숙해질 대로 친숙해진 나머지 그들도 엄연한 야생동물이란 사실을 깜빡하곤 한다. 하지만 올빼미나 백로처럼 그들도 닭처럼 가둬놓고 키울 수도 없고 다가가면 금세 날아가버리는, 실은 사람에게 쉬이 곁을 내주지 않는 새들이다. 그래서 사람 사는 집에 날아와 마당에 둥지를 튼다는 게 아무래도 희한해서 우리 집만 이런 일이 벌어지는 건지 다른 집도 그런지 무척 궁금하다. 또는 정말로 전래동화『흥부와 놀부』처럼, 제일 처음 우리 집에 불시착한 페이와 티엔이 며칠간 보듬어준 사람들에게 고맙다는 보답 인사로 멧비둘기들을 줄줄이 불러들인 건 아닐까?

페이가 우리 집에 불시착했던 날은 지금도 생생하게 기억한다. 딱 이맘때, 대낮의 열기로 바다가 달궈져서 집 안까지 후끈했던 늦은 오후에 나는 부엌에서 소시지와 콩으로 페이조아다(Feijoada. 콩과 고기를 함께 끓인 브라질 대표 요리)를 보글보글 끓이고 있었다. 문득 멧비둘기 한 마리가 부엌 창 너머로 푸드덕 내려앉는 소리가 들렸다. 마당으로 나가서 다시 날아가려고 푸드덕푸드덕, 애는 쓰지만 제대로 날지 못하는 멧비둘기를 보고 어딘가 다친 게 분명하다는 직감이 들어 야생동물구조센터에 전화했다.

"유조네요. 아직 나는 게 서투른데 크게 어디 다친 것 같진 않고요. 물이랑 곡식 낱알을 놓아주시고 마당에서 며칠 머무르게 하면 알아서 잘 떠날 거예요"라는 구조대원의 말씀에 "네, 네" 끄덕이면서 그때는 멧비둘기 유조가 얼마나 앳된지 날갯짓이 얼마나 서투른지 잘 몰랐으니까 시키는 대로 하면서 보살폈다.

그런데 곧 비슷한 몸집의 멧비둘기 한 마리가 또다시 우리 집 마당으로 날아들었고, 몇 날 며칠을 둘이 꼭 붙어서 다정하게 지내는 게 아닌가! 우리도 정이 들어서 최초로 날아든 아이에게는 '페이조아다'의 '페이'란 이름을 붙여주고, 중국어로 '페이'가 '날 비(飛)' 자의 발음이니 다른 한 마리는 '하늘(天)'의 중국어 발음인 '티엔'이 어떻겠냐는 남편의 제안으로 이름을 붙여줬다.

페이와 티엔은 어찌나 서로에게 다정한지 해 질 녘에는

소나무 위에 몸을 꼭 붙이고 앉아 지는 노을을 바라보고, 밤이 찾아오면 마당 위 전깃줄에 나란히 앉아 함께 별을 보다가 잠들었다. 그땐 둘이 짝이겠거니 추측했는데, 지금은 왠지 형제 사이로 서툰 날갯짓으로 모험을 떠난 동생이 위험에 처하자 형이 뒤따라와서 곁을 지켰다는 생각이 든다. 이때 둘의 마음이 우리 집 소나무와 우리에게도 열린 게 아닐까. 페이와 티엔은 기력을 회복하고 며칠을 놀다가 새답게 어느 날 불현듯 떠나갔다.

몇 년이 흘렀다. 페이와 티엔의 기억도 내 안에서 아주 조금씩 흐릿해질 무렵에 멧비둘기 암컷 한 마리가 소나무로 날아들었다. 유난히 가늘고 고운 페이의 목선을 쏙 빼닮은, 그래서 페이라 믿고 싶었던 예쁜 새가 페이와 티엔이 앉아 노을을 구경하던 바로 그 자리에 솔잎을 두툼하게 깔더니 알을 품기 시작했다!

안타깝게도 첫 번째 알이 땅으로 떨어졌고 며칠 동안 보이지 않아서 가여워했는데, 다시 늠름한 짝을 데려오더니 둘 다 단단한 각오를 다진 듯, 둥지를 한시도 떠나지 않고 알을 품었다. 이른 아침에 한 번, 늦은 오후에 한 번. 그렇게 하루에 두 번 교대하며 한 마리가 배를 채우고 한숨 돌리는 동안 다른 한 마리는 먹지도 않고, 자지도 않고, 꿈쩍하지 않고 둥지를 사수하며 알을 품었다. 멧비둘기 한 쌍이 서로 사랑에 빠지고 생명을 잉태해서 자식을 낳아 키우고 날려 보내는 과정에는 무수한 감동과 깨달음의 순간이 있는데, 부부가 서로에게 지극히 헌신하고 공평하게 가사를 분담하는 모습에서 나는 제일 처음 깊은 감동을 받았다.

부부는 참을성 있게 새끼가 부화하는 순간을 기다렸다. 기다리고, 기다렸다. 우리도 함께 기다렸다.

2주 뒤, 드디어 단단한 알을 깨고 남매가 세상 밖으로 나왔다. 부부 모두가 둥지를 떠난 어느 눈부신 초여름 아침에 우리는 옥상으로 달려가서 숨을 죽이고 아가 둘과 인사를 나눴다. 젖어 있는 잿빛 깃털 위에 노란 솜털이 보송보송 난 고슴도치 같던 아가 둘.

"덩치가 큰 아이는 메이, 작은 아이는 쥰, 어때?"

이번에도 남편이 형제가 잉태되고 태어난 달을 따서 이름을 지어줬다.

아기 새들은 대체 얼마나 빨리 자라는 걸까? 메이와 쥰은 하루하루 시시각각 다르게 성장했다. 노란 솜털이 사라진다. 목선이 길어진다. 고슴도치 같던 아기티를 벗고 멧비둘기다운 자태로 변해간다. 부리와 눈 테두리가 선명해지고, 날개깃 하나하나가 부챗살처럼 정연하게 펼쳐지며, 깃 가장자리에는 손톱 끝에 남은 봉숭아물처럼 석양빛이 번진다.

부모가 언제 와서 먹이고 돌보는지 알지도 못한 채 둘의 눈부신 성장을 그저 경이로운 마음으로 지켜보던 어느 날, 아빠가 둥지를 찾아와 수유하는 장면을 보았다. 어디선가 둘을 부르는 소리가 들려오고, 메이와 준은 기쁨을 주체하지 못하고 날개를 파닥거리고 바둥거리기까지 하며 아빠가 있는 곳으로 아장아장 다가갔다.

아빠는 왜소한 메이와 준에 비하면 확실히 몸이 크고 깃털색도 윤택하고 화려해서 꼭 사자 왕 같았다. 목을 길게 빼고 몸 안에 가득 채워온 크롭 밀크(Crop milk. 어린 새에게 먹이기 위해 어미 새가 소화기관으로부터 역류시킨 분비물)를 쿨럭쿨럭 게워냈고, 메이와 준은 번갈아가면서 부리를 아빠 입 안으로 깊숙이 밀어 넣고는 크롭 밀크를 꿀꺽꿀꺽 삼켰다. 아빠와 한 몸이 되어 위아래로 크게 움직이는 몸짓이 격정적인 사자 춤 같아서 지켜보던 내 가슴이 방망이질하듯 뛰며 감격스러워 눈물을 흘렸다. 너무도 짧은 상봉이었다. 수유를 마친 아빠는 지체 없이 그 자리를 떠났다. 다시 둘만 남은 메이와 쥰은 엄마 아빠가 반드시 돌아오리라는 믿음 하나로 온종일 부모를 기다리고 기다리며 알아서 커갔다.

둥지 밖으로 첫걸음을 내딛는 순간도, 처음으로 날개를 퍼드덕거리며 공중으로 떠오르는 순간도, 도약해서 땅으로 내려오는 순간도, 메이와 쥰은 전부 홀로 해냈다. 먹이를 가리는 법도 스스로 터득했다. 담벼락 위에 떨어진 것들은 보이는 대로 쪼면서 삼켜보고 돌멩이나 먼지 등등 먹을 수 없는 건 게워내면서 하나하나 가려나갔다. 그리고 부모 없이 남겨진 시간에 둘은 이 세상에 둘 밖에 남지 않은 것처럼 우애 깊게 지냈다. 서로의 날개깃을 골라주고 장난을 치고, 몸을 붙이고서 내가 틀어놓은 음악을 듣다가 낮잠에 빠지곤 했다. 어쩜 멧비둘기 형제는 서로를 이다지도 위할 수 있단 말인가. 태어나는 순간부터 비좁은 둥지에서 체온을 나누며 한 몸처럼 붙어 자라면 어느새 영혼도 하나로 묶이게 되는 걸까?

메이와 쥰, 형제의 부모를 보면서 새삼 거울을 보듯이 내

내면의 강인하면서 부드러운 야생성을 발견했다. 사랑하는 이에게 헌신하는 마음, 스스로 깨치며 성장하려는 자립심, 불평하지 않는 의젓함, 두려움을 넘어서는 믿음, 끝없는 호기심과 모험심, 결국 날기 위한, 자유롭기 위한 피나는 노력과 애씀. 아, 그들은 얼마나 용감하고 서로를 사랑할 줄 아는지! 이것이 내가 그들에게서 눈을 뗄 수 없을 만큼 매혹되고 감동받았던 이유이리라.

메이와 준은 날 수 있게 되면서부터 조금씩 더 멀리 떠났다가 되돌아왔다. 귀가 시간이 점점 늦어졌다. 그러고 나서 2020년 6월 16일, 농원 하늘에 커다란 새 모양의 하얀 구름으로 나타나 작별 인사를 하더니 끝없이 넓은 하늘이란 세계로 완전히 떠나갔다.

더 위 에
쏘 이 다

보현이 잠을 설치는 날이 계속되고 있다. 별일 없는데도 꼭 11시나 자정에 깨서 헥헥거리며 집 안을 두리번거리고, 현관 유리문을 앞발로 두드려서 우리를 깨운다. 우리는 그럭저럭 버틸 만한 선선한 여름밤도 옷이라고는 단벌 털 코트뿐인 보현에게는 열대야로 느껴지는지, 옅은 잠결에 악몽이라도 꾸는 모양이다. 우리도 덩달아 잠을 설치며 보현을 진정시키느라 애를 먹는다. 특별히 주문한 신생아용 쿨매트도 싫다 하고, 피아노 소리도 귀에 들어오지 않는다 한다. 셋이서 자다 깨다 뒤척이다, 다시 설핏 잠이 들었는데 이런 꿈을 꾸었다.

계절은 지금처럼 더운 여름이었는데 우리 셋은 얼음산을 오르고 있었다(여름인데 얼음산이라니! 꿈속에서는 말도 안 되는 일도 당연한 일로 진지하게 받아들이는데 그 부분이 무척 흥미롭다). 영원히 녹지 않을 것만 같은 단단하고 투명한 얼음이 바위와 들판, 등산로를 코팅하듯 매끄럽게 덮었고, 곧 정상이 나타났다. 우리는 공기가 차고 상쾌하다며 기뻐했다. 남편이 보현을 번쩍 안아 올려서 신줏단지 모시듯 아주 조심스럽게 산꼭대기에 내려주었다. 배를 깔고 시원하게 있으라는 말 같았다. 보현도 순순히 얼음판 위에 엎드려 눈을 감고 휴식을 취했다.

더위는 이제부터 시작인데 보현이 조금이라도 덜 고생했으면 하는 간절한 마음이 꿈에 얼음산까지 만들어냈나 보다. 요즘 보현은 낮 열기를 피해서 새벽과 저녁나절에 숲으로 간다. 우리도 어둔 새벽 4시에 일어나 농원으로 향했다가 학생들이 2교시 수업을 받을 때쯤 슬슬 가방을 싸서 하교한다. 일찍 하교해서 좋겠다고 누군가는 부러워할지 모르겠다. 새벽 4시에 잠자리 밖으로 기어 나오는 데 대단한 결기가 필요하다는 것만 빼면, 새들이 깨어나는 신성하고 은밀한 시간에 노동하고 남들은 일할 때 쉬는, 홀가분한 기쁨이 있는 것 같긴 하다.

여름에 돋는 아기 순을 귤굴나방 애벌레로부터 지키기 위해 새벽 방제를 하던 중, 쌍살벌집을 발견했다.

방제약을 고압으로 치익치익 분사해서 귤나무에 흠뻑 뿌려주는데 나무 안쪽에서부터 다리를 늘어뜨린 쌍살벌 두 마리가 스윽 나오더니 주위를 한 번 둘러보고는 다시 그늘진 안으로 들어갔다. '벌집이 있구나' 하고 직감했다.

119를 불러서 벌집을 떼고 더워지기 전에 방제를 마치겠다는 생각으로 조금 서두르던 중, 이번에는 발밑에서 꿩 둥지를 발견했다. 화들짝 놀라 둥지 밖으로 발을 빼고 안을 들여다보니 닭알보다 조금 작은 옅은 청색, 볏짚색 알이 19개나 모여 있었다. 내가 실수로 밟아서 깨진 알은 3개. 깨진 알을 빼내고 나머지를 물로 씻어준 뒤 다시 멍석딸기 줄기와 잎으로 둥지를 가려줬다.

맙소사. 어미 까투리가 모를 리가 없는데. 제발 알을 버리고 떠나가지만 않게 도와주세요. 기도를 올린 뒤에 다시 방제를 했다. 여느 때보다 한 시간은 더 걸려서 어렵사리 마쳤다. 많은 생명이 우리 농원을 찾아와서 더 많은 생명을 낳으며 세대를 이어가고 있다.

　다행스럽게도 다음 날 살피러 간 둥지에서 알을 품던 까투리를 맞닥뜨렸다. 푸드덕! 놀라 도망갔지만 곧 다시 내려앉는 소리가 들리는 걸로 미루어 잠시만 피신한 걸 알 수 있었다. 자신의 가장 보드라운 털을 뽑아서 알 주위를 포근하게 감싸준 까투리의 세심한 정성에 눈시울이 붉어졌다.

　한결 놓인 마음으로 휴가를 온 남편의 친구 영호 씨 가족을 집 근처 카레집에서 만났다. 농원에 들러 사진을 찍었다는 시헌과 주헌이 농원에서 본 것들을 신나게 이야기했다.

　"귤이 진짜 작던데."
　"벌써 노래진 애들도 있었어요!"
　"근데 저는 파리랑 벌이 으으, 곤충은 진짜 싫어요."

　시헌이가 치를 떨며 말하는 모습을 웃는 낯으로 보던 남편이 "그럼 넌 농부는 못 되겠다"고 하자, "네. 전 의사가 될 건데요"라며 꿈 같은 건 진즉에 정했다는 듯 곧장 말을 되받았다. 그러자 남편이 농담을 했다.

"시헌이 꿈은 의사구나. 그건 그거고, 실은 벌은 농부한테 고마운 곤충이야. 쌍살벌은 나방 애벌레도 잡아먹어서 귤나무 새순도 지켜준다고. 쏘이면 엄청 아프지만 말이야. 하하! 손이 곰 발바닥처럼 붓는다? 어떻게 아냐고? 쏘여봤거든. 하하! 삼촌은 일 년에 한 번씩은 꼭 쏘여. 그냥 넘어가는 법이 없어. 하하하!"

으으, 말의 힘을 믿는다는 사람이 저런 말을. 나는 쓴웃음을 지었다. 그러고 나서 올 게 왔다.

그날도 하현달이 뜬 새벽 길을 달려서 농원으로 갔다. 도착하자 오두막 너머로 여명이 밝아오고, 융단 같은 구름이 동쪽 끝자락부터 붉게 물들기 시작했다. 온갖 새들의 싱그러운 합창 소리에 몽롱했던 정신이 또렷해지고, 방제약을 조제하는 몸놀림도 민첩해졌다. 나는 나대로 두엄간에 음식물을 묻고, 남편은 남편대로 나무의 덩굴을 걷었다. 슬슬 방제약을 뿌려볼까, 하고 남편을 불렀는데 대답이 없었다. 한 번 더 부르자 "어. 어" 하는 애매한 대답만 돌아왔다. 목소리가 들리는 쪽으로 걸어가면서 이제 시작하자고 외치려는데 남편이 내게 황급히 다가와 말했다.

"쌍살벌에 쏘였어"

현재 시각 새벽 5시 50분. 나는 재빨리 머리를 굴렸다. 가까운 보건소도, 의원도 문을 닫은 이 시각엔 119를 부르는 것보다는 우리가 직접 제주시에 있는 종합병원 응급실로 찾아가는 게 빠르다. 내가 운전을 하는 동안 남편은 빵으로 빈속을 채우고 곧바로 구급약을 입에 털어 넣었다. 남편의 오른 손등이 빠르게 부어올랐다.

"이번에는 집요하게 물고 늘어졌어."

쌍살벌 두 마리가 손을 털어도 떨어지지 않아서 장갑을 벗어던지고 도망쳤다고 한다. 손등을 여러 방 쏘였단다. 무척 걱정됐다.

응급실에서 주사를 맞고 겨우 한숨 돌린 뒤에 집으로 돌아오는 길, 남편에게 며칠 전 친구를 만났을 때 농담으로라도 그런 말은 하지 말았어야 했다며 핀잔을 주었다.

"당신은 말하는 대로 대부분 이루어진다고. 그러니까 자, 따라 해."

"뭘?"

"앞으로는 쌍살벌에 쏘일 일은 없을 거야."

"앞으로는 쌍살벌에 쏘일 일은 없을 거야."

"이제야 안심이 되네."

쉬라며 남편을 집 앞에 내려주고 나는 다시 농원으로 갔다. 벌집을 찾아서 떼야 무슨 일이든 다시 시작할 수 있기 때문이었다. 바닥에 떨어진 장갑 한 짝이 이정표처럼 한 나무를 가리키고 있었다. 그런데 나무 안쪽을 아무리 살펴도 벌집은 보이지 않았다. 고민하다가 맞은편으로 돌아갔다. 있다! 눈높이에서 꽤 큰 쌍살벌집을 발견했다.

119를 불렀다. 대원이 스프레이에 토치로 불을 붙여서 벌집에 갖다대자 순식간에 벌집과 쌍살벌들이 타서 바닥으로 떨어졌고, 정찰 벌 두 마리가 공중으로 부웅 떠올라 날아갔다.

"두 시간 정도는 떠나 계세요. 외출한 벌들은 집이 없어진 줄 모르고 되돌아오거든요."

나는 황급히 짐을 꾸려 농원을 떠나면서도 영문도 모른 채 집과 목숨을 잃은 쌍살벌들이 가여워서 가슴 아팠다. 쌍살벌은 아무 잘못이 없다. 남편이 무심코 뻗은 손이 집과 새끼들을 헤친다고 생각했기에 필사적으로 방어한 것뿐이다. 쌍살벌은 먼저 건드리지 않는 한 절대로 먼저 공격하지 않는다.

'함께 살 수 있으면 얼마나 좋을까…….'

그 후로 남편은 풍선처럼 부푼 손의 부기가 빠질 때까지 나흘간 고생하면서 소서 액땜을 톡톡히 치렀다.

보현을 데리고 삼나무 숲으로 갔다. 늘 가던 숲이 간벌을 해서 두 나무 걸러 한 그루씩 베어져 토막 나 있고, 베인 자리에는 햇살이 내려와 숲속이 전보다 한층 밝아졌다. 도처에 흩뿌려진 톱밥에서 신선한 삼나무 향이 뭉게뭉게 피어올랐다. 몸이 무거워 보이는 보현도 삼나무 향내에 기분만큼은 산뜻해졌는지 숲길에 코를 대고 계속 킁킁거렸다.

겉으로는 알 수 없는 나무들의 속 얼굴을 하나하나 들여다보고 나이테를 셈했다. 20년 남짓 된 숲이구나. 동심원을 그리는 얼굴 모양과 낯빛이 모두 달랐다. 얼굴이 작거나 크고, 오밀조밀하거나 띄엄띄엄하고, 굴곡지거나 평탄했다. 낯빛이 밝고 고운 살굿빛을 띤 친구도, 어둡고 썩어서 잿빛이 된 친구도 있었다. 하나의 숲에서 같은 시간을 저마다 다르게 새겨온 생의 흔적이 그날따라 몇 번의 여름을 지나왔는지로 읽혔다.

'너는 다섯 번째 여름에 태풍을 만났니?'
'너는 땀을 많이 흘렸구나.'
'너는 즐거웠던 기억만 남겨온 듯해.'

남편의 몸에는 올여름이 어떻게 각인될까? 쌍살벌에 호되게 쏘인 손으로 오선지에 삐뚤빼뚤 음표를 그려 넣던 순간으로 기억되진 않을는지.

나오는 길 입구에서 여름풀을 맛있게 뜯는 조금은 큰 노루를 만났다. 불과 2미터도 떨어져 있지 않은 거리에서 내 얼굴을 보고 놀라지도, 도망가지도 않았다. 우리는 몇 초간 서로의 눈동자를 빤히 쳐다보았다.

'수정처럼 맑고 예쁜 눈을 가졌구나. 부디 좋은 사람들만 마주치면서 올여름 무탈하고 행복하게 나길 바란다.'

노루는 다시 되새김질을 하며 초록 풀숲에 얼굴을 묻고, 나는 보현을 안아 올려서 돌아선 뒤 뒷걸음질로 살그머니 숲을 빠져나왔다.

이게 말이 되나?

장마철 하늘의 구름은 살아 숨 쉬는 생명체 같다. 피어오르고 통통해지고 꿈틀거리고 날아다니고 홀쭉해지고 찢어지고 헤어지고 다시 만난다. 감정도 가지가지다. 누구는 화가 났는데 바로 옆에서 누구는 초연하게 미소 짓고 있다. 먹구름, 흰 구름, 분홍 구름, 하늘색 구름, 형광 구름, 불투명한 구름, 투명한 구름을 한자리에서 볼 수 있어서 나는 집에서나 농원에서나 넋을 놓고 하늘을 구경하곤 한다.

'스머프처럼 흰 모자를 썼네. 와, 구름이 구름을 쏘아 올린다! 수평선 위로 증기기관차가 지나가네. 칙칙폭폭 타세요, 타세요. 객실은 물방울로 가득 찼습니다만. 입석이라도 괜찮으시다면 어디로 모셔다 드릴까요, 여기서 떨궈 드릴까요……'

하늘이 얼마나 입체적이고 깊은지 구름이 가르쳐준다.

남편이 벌에 쏘인 오른손이 낫자마자 이번에는 내가 왼손을 베고 말았다. 밀랍초의 흘러내린 촛농을 커터로 떼다가 빗나가서 엄지와 검지 사이를 찔렀다. 귤굴나방 방제를 해야 하는 적기인데 할 수가 없어서 애만 탔다. 남편에게 방제를 떠맡기고 나는 나머지 한 손으로 남편을 거들거나 그마저도 안 되면 오두막 청소를 했다.

방제를 마치고 돌아오는 차 안에서 땀에 흠뻑 젖은 남편이 창을 내리고 멀거니 바람을 쐬다가, 불현듯 이런 말을 꺼냈다.

"오늘 방제하면서 무슨 생각을 했냐면……"
"응."

"근데, 이게 말이 되나?"

"호호, 횡설수설해도 좋으니까 생각나는 대로 얘기해봐."

"덩굴이 나무를 감고 올라가는 게 꼭 안 좋은 걸까?"

이 말을 듣자마자 떠오른 생각은 남편이 쌍살벌에게 그렇게 쏘이고도 여전히 함께하고 싶은가 보네, 였다. 쌍살벌은 덩굴이 치렁치렁 걸린 귤나무 안쪽에 집 짓는 걸 무척 좋아한다. 이야기를 더 들어봐야겠다고 생각했다.

"나도 지금까지는 덩굴이 귤나무를 감고 올라가면 나무 안쪽이 그늘지고 바람도 통하지 않아서 벌레가 더 잘 꼬이겠다고 생각했어. 그런데 오늘 방제하는데 깨끗한 나무가 많은 거야. 지금 덩굴이 난리도 아니잖아. 덩굴 안쪽에 쌍살벌집이 생겨서 벌들이 진딧물, 개미, 깍지벌레며 나방을 많이 잡아먹어서 그런 건 아닐까? 그렇다면 나무한테 이로운 걸지도 모르지. 귤나무에 여름 햇빛이 구석구석 환히 내려오는 게 도리어 대과를 만들고 안 좋다는 건 이미 알고 있잖아? 그래서 덩굴이 귤나무를 감고 그늘을 만들어주는 게 마냥 나쁜 것만은 아니라는 생각이 드는 거야."

"흐음……."

"하나는 어떻게 생각해?"

"확실히 그럴지도 몰라. 덩굴이 지나치게 나무를 감고 옥죄지만 않는다면 도움 되는 면이 있을 거야."

"그리고."

"응."

"이건 진짜로 소설을 써본 건데, 농원 입구 쪽의 유난히 덩치 크고 체력 좋은 나무 대여섯 그루가 지금 벌레 받이를 자처하며 나머지 나무들이 편히 지낼 수 있도록 돕고 있는 건 아닐까? 마치 럭비 팀처럼 작전을 짜서 말이야."

"호오……."

"왜냐면, 다른 나무들은 정말 깨끗한 편인데 딱 다섯, 여섯 그루만 벌레가 심해. 신기하지 않아? 바로 옆에 붙어 있어도 한쪽에만 벌레가 몰리는 게."

"응응. 정말 신기해."

"그런데 이게 말이 되긴 한가……."

"완전 말 돼! 된다고 봐. 나무들도 생각과 감정이 있고 협동할 줄 아니까."

"내 말이 그 말이었어!"

여러분도 함께 생각해보자. 덩굴은 귤나무에게 마냥 안 좋은 식물일까? 왜 같은 농원에서 일부의 나무에만 유독 벌레가 몰려들까? 나무 선생님들이 던지는 정답 없는 질문에 상상력을 한껏 발휘해서 각자의 답을 내려보는 거다. 나와 남편은 기본적으로 '모든 면에서' 나무도 우리와 다를 바 없이 꼭 같다는 걸 전제로 농원에서 벌어지는 현상을 이해하려고 한다.

가령, 이번처럼 농원 내의 일부 힘센 나무에만 벌레가 꼬이는 현상을 발견했을 때, '우리가 나무라면, 한 공간에 모여서 살아가는 나무들이라면' 하고 상상의 나래를 펼쳐본다. 여름철에 어김없이 우리를 찾아오는 불청객들을 어떻게 상대하면 좋을지, 나무들도 머리를(뿌리와 줄기와 잎사귀를) 맞대고 고민하지 않을까?

'공평하게 나눠 막자.'

'너는 지금 무척이나 약한데 그러다가는 치명타를 입을 걸.'

'그건 두려워.'

'내가 가진 체력으로 벌레들이 좋아하는 새순을 한껏 내

밀어서 녀석들을 내 쪽으로 유인해볼게.'

'그래 주면 정말 고마울 거야. 나중에 내 주위에 맛있는 게 생기면 너랑 꼭 나눌게.'

이런 식의 대화를 나누면서 병해충을 이겨내는 묘안을 짜고 있진 않을까? 물론 나무가 우리와 '모든 면에서' 꼭 같다면, 개중에는 이기적이고 어리석고 독단적이고 못된 나무도 있을 거다. 나와 남편의 상상은 모든 나무가 지혜롭고 이타적인 존재라고 믿는 데서 시작된 편향된 상상이다. 어쨌거나 땅을 파보면, 나무들의 뿌리는 인간의 마을 길이나 인터넷망처럼 촘촘하게 얽혀서 먼 데까지 이어져 있는데, 그런 나무 집단의 지상부 모습이 띄엄띄엄 서 있다는 이유만으로 나무는 단독적으로 살아간다고 여기는 것이 도리어 말도 안 되는 착각은 아닐까?

"그럼 시유지 쪽 나무가 안 좋은 건 어떻게 이해할 수 있지?"

"그러게……."

"시유지 쪽 나무들은 지대가 높은 바위 위에 있기 때문에 상대적으로 낮은 농원의 나무들과 소통하는 데 벽이 하나 있단 느낌인데, 뿌리 통신망이 한 번 단절돼서 그런 건 아닐까 싶어."

"정말 그럴지도 모르지. 그건 그렇고 쓰읍."

"응?"

"어째 다리가 근질근질해."

"그러고 보니 나도 정강이가……"

남편의 발목과 종아리 부근에 뾰루지가 여러 개 올라오더니 물집이 잡히기 시작했다. 아아, 이건 또 뭘까. 나무 선생님은 어쩜 잔소리 한 마디 하지 않으면서 이렇게 '자연스럽게' 매일의 숙제를 안겨주고 스스로 깨우쳐라 지도하는지. 장화 안에서 알 수 없는 곤충에게 연방 물린 것 같다는 추측을 하며 밭에서 온몸을 보호할 대책을 세운다. 전신 방충복은 없을까? 장화를 신지 않고 방제하는 법은 없을까? 요리조리 머리를 굴려본다.

열흘 뒤, 왼손의 벤 자리가 잘 아문 걸 확인하고는 기뻐서 비가 쏟아지는 곶자왈로 갔다. 키 큰 나무에서 관목으로, 양치식물로, 땅속으로 시원하게 이어져 내려오는 빗물 세례에 숲속은 먼지를 털어내고 싱그러운 초록빛을 뿜고 있었다. 잎사귀 끝에 매달린 물방울이 바람 불면 톡톡 떨어져서 우산 밖으로 드러난 목덜미를 타고 흘러내렸다. 숲 전체가 무더위를 식혀주는 비를 맞으며 편안하게 호흡했다.

탐방로에 비스듬히 기울어 자라는 팽나무 줄기에 손을 갖다대자 촉촉하게 젖은 수피에서 조금 서늘한 체온이 느껴졌다.

'쉬면서 마음껏 물을 마시고 있구나.'

팽나무도 지금 사람의 젖은 손이 자기 몸을 친근하게 만지고 있다는 걸 알고 있으리라. 곧 발걸음을 떼어 다시 길을 떠나리라는 것까지 알지도 모른다. 우리는 나무라는 아름다운 생명체를 어디까지 알고 있는 걸까? 아니면 어디까지 오해하고 있을까? 나와 팽나무는 잠시 동안 비가 쏟아지는 숲속에서 서로의 숨과 체온을 주고받으며 말로는 설명하기 힘든 평안한 느낌을 나누었다.

축하합니다

황금색 태양빛이 마을 길에 내려오고 분꽃 잎이 빠르게 오므라드는 이른 아침에 보현과 함께 숲으로 갔다. 다정한 편집자 이하나 님이 보내주신 이로노미의 앨범 『栞の葉(고토노하)』를 들으면서 다 큰 제비들이 어지럽게 날아다니는 농경지를 천천히 차를 몰고 지나갔다. 먼 하늘은 옅은 물빛으로 하얀 구름들이 양털처럼 엉기며 높이높이 피어오른다. 무더운 하루가 될 것 같다. 호수에 떨어진 물방울처럼 긴 잔향을 남기는 투명한 피아노 소리와 순정률로 조율된 류트 소리가 합쳐지자 다른 파장의 물결 둘이 만난 것과 같

이, 일렁였다가 널리 멀리 퍼져 나간다. 길고 느린 호흡을 하는 음악 덕분에 마음에 여유가 돌았고, 에메랄드그린으로 신비롭게 빛나는 아침 숲속을 더욱 찬찬히 즐길 수 있었다. 뜨거운 볕을 받은 잎사귀의 이슬은 눈 깜짝할 새 날아가고 유지매미와 참매미가 울기 시작했다. 팽팽한 긴장의 소리, 귀로 쏟아져 드는 폭포수 소리, 갓난아기가 터뜨리는 울음소리다. 온 힘을 다해 외치면서 세상에 자신의 존재를 알린다. 7월 28일. 찌고 타들어가는 더위 속에서 나는 태어났다고 한다.

엄마는 산모의 열린 몸에 바람이 들어가면 좋지 않다는 말을 듣고는, 조리원 밖으로 한 발짝도 나오지 않고 땀을 뻘뻘 흘려가면서 몇 날 며칠 미역국만 들이켰다고 한다. 나도 엄마도 온몸이 붉은 땀띠로 오돌토돌해졌다는 이야기를 생일마다 전해 들으며 '멍게 같은 아기였겠군' 하고 상상하면서 가늠할 수 없이 아득한 탄생의 순간을 막연하게 그려보곤 한다.

어릴 적에는 생일날이 밝으면 예쁘게 치장하고 달콤한 케이크도 먹고 부모님과 친구들한테 선물도 축하도 실컷 받는 게 좋으니까 기쁘고 행복했다. 생일의 기쁨은 순전히 외부에서 온 것들이었다. 파티에 초대한 친구들이 여름휴가를 떠나는 바람에 단짝 친구 한 명과 곰돌이 인형만이 내 앞에 앉아 있던 생일에는 종일 쓸쓸하고 왠지 초라했다.

이제는 생일날이 밝으면 가장 먼저 엄마를 떠올리며 감사 기도를 올린다. 생일 파티를 열지 않아도 케이크가 없어도 괜찮고, 케이크에 나이대로 초를 꽂지 않은 지도 꽤 됐다. 오히려 몇 살이 되었는지 생각하지 않으려고 애쓴다. 남편도 친오빠도 친구도 갖고 싶은 게 있냐고 물어오지만 정말로 갖고 싶은 시간 빼고는 딱히 없어서 "글쎄, 손 편지? 호호" 하고 넘기게 됐다. 그리고 이 기쁜 날, 바깥세상의 찬란한 생일 축하 노래를 듣기 위해 스스로에게 자유로운 하루를 선물한다.

정오가 되었다. 남편과 보현과 나는 견디기 힘든 뜨거운 시간을 집 안에서 흘려보낸다. 보현은 낮잠을 자고 남편은 곡을 쓴다. 나는 마당에서 하릴없이 풀과 함께한다. 호랑나비 한 마리가 팔랑팔랑 날아들었다. 진귤나무 삼 형제와 초피나무를 오가면서 꽁무니를 부르르 떨며 무언가를 했다.

설마? 알을 낳고 있나! 호랑나비는 가장 여리고 부드러운 새순 끝에만 내려앉더니 실같이 가는 다리로 엽맥을 부여 잡고 꽁무니를 한껏 웅크려서 부르르, 부르르, 하고 떨었다. 산모의 고통 같은 게 어렴풋이 느껴졌다. 호랑나비 암컷이 떠난 자리에 투명한 알이 하나씩 붙어 있다. 새싹 같은 형광 연둣빛의, 아주 조그맣지만 모든 게 담겨 있는 생명의 씨앗을, 나는 이기적으로 진귤나무에 붙은 건 떼어내고 초피나무에 붙은 건 그대로 두었다.

부화한 호랑나비 애벌레는 초피나무 잎줄기를 따라서 오물오물 오물오물 잎사귀를 남김없이 먹어 들어가며 나날이 통통해졌다. 이마에 가로진 구불구불한 문양과 큰 머리 양쪽에 붙은 하트 모양의 눈동자가 이상한 나라의 근심 어린 옴포동이를 만난 듯, 범처럼 매혹적인 날개를 가진 엄마와는 너무나 다른 생김새에 어리둥절하고 묘하다. 부화한 순간부터 호랑나비로 날아오르는 순간까지 모든 일이 자동으로 진행되는 것처럼 보일지라도, 눈앞의 애벌레는 하루에도 몇 번씩 꿈꾸고, 좌절하고, 생각하고, 다시 힘을 내서 자라고 있을 것이다.

이번에는 내 방으로 옮겨가서 창 너머 돌담 아래 그늘진 자리를 살폈다. 며칠 전부터 우리 집을 보금자리로 생각하는 검은 새끼 고양이가 그곳에서 놀고 잤다. 장마철에 노란 줄무늬의 엄마 고양이가 새끼 둘을 품에 넣고 웅크린 채 소나기를 맞고 있었는데, 어느 날부턴가 검은 새끼만 눈에 띄었다. 이슥한 밤이 되면 냐옹 냐옹 울면서 엄마를 찾고 어쩐지 조금씩 말라가는 게 걱정됐지만, 섣부르게 다가갔다가는 어미가 새끼를 버리고 떠날 수도 있다는 의사 선생님 말씀에 지켜보는 중이었다.

그러던 어느 날, 엄마와 형제 고양이를 만났다. 내 방에서 조금 떨어진 옛 포구의 바위 위에서 내 방 쪽을 바라보고 있었다. 쌍안경으로 엄마를 관찰했다. 누군가에게 한 대 얻어맞은 것처럼 양쪽 눈을 심하게 찡그리고 있었다. 아픈 것 같았다. 엄마 고양이도 나를 보고 있었다. '너희에게 이 애는 맡길게' 하고 말하는 것만 같았다.

남편과 나는 누가 먼저랄 것도 없이 고양이 사료를 사와서 매일 한 번씩 물과 사료를 놔주었다. 검은 새끼 고양이에게 '자두'라는 이름을 붙여주었다. 자두는 우리에게 절대로 곁을 내주지 않고 몰래 와서 밥을 먹고 바로 사라졌다. 우리가 외출하면 마당의 앵두나무, 돈나무 그늘에서 노는 것 같은데, 돌아오면 후다닥! 대문 밖으로 도망친다. 내 방 창 너머로 밥그릇을 확인하던 남편이 은근하게 웃으면서 좀 보라길래 봤더니 밥그릇이 우리 눈에 잘 띄는 자리로 질질 끌려와 있었다.

허허, 참. 뻔뻔한데 얄밉지가 않다. 자두는 무럭무럭 잘 크고 있는 것 같다.

"나도 참 웃기재. 제주에는 미역이 없다고 생각하는 게 말이 되나."

시어머니가 부산의 기장 미역을 챙겨오셔서 도미 미역국을 고듯 진하게 끓여주셨다. 이하나 님이 보내주신 색이 고운 삼색미로 찰밥을 짓고, 옆집 삼촌이 주신 한치 횟감을 남편이 국수처럼 얇게 썰었다. '카페 그 곳' 친구들이 선물한 훙훙훙 쌀막걸리를 축하주로 따서 시어머니께 한 잔 따라드렸다.

"우리 하나 생일상이 초라해서 미안타. 해삼 물회를 해주려고 왔드마는 바다도 마, 너무 더운갑다. 없다는데 우짜겠노. 다음에 부산에서 꼭 해줄게. 생일 축하한다."

"초라하다뇨. 이보다 완벽한 생일상이 어디 있겠어요, 어머니. 축하하러 와주셔서 정말 감사드려요."

올여름 유독 더위를 타서 얼음물만 찾는 어머니가 사랑하는 마음 하나로 끓여주신 베지근한 미역국을 천천히 호록호록 떠 마시자 배와 가슴과 귓불이 후끈해졌다. 집에서 땀을 뻘뻘 흘리며 미역국을 들이켰을 엄마의 벌그스름하게 부은 젊은 얼굴도 왠지 어루만져지는 듯해 뭉클하고 기뻤다.

밤이 찾아왔다. 한치 배들이 보름달처럼 환한 집어등을 켜고 난바다에 드문드문 떠 있었다. 침대에 누워 마당에서 들려오는 극동 귀뚜라미, 왕귀뚜라미, 베짱이, 방울벌레의 노래에 귀를 기울였다.

또르르 또르르, 쌕쌕쌕쌕쌕, 휘이이이, 피리리리히히, 휘이이이……

내가 태어나든 태어나지 않았든 지금 여기 있든 앞으로 사라지든 상관없이, 세상은 늘 모든 존재에게 활짝 열려서 부드럽고 아름다운 축복의 노래를 이어간다고. 이런 생각이 오늘따라 내게 안식을 줬다. 내 귀에 소근대는 풀벌레의 사랑스런 노래를 들으면서 단잠을 청했다.

「방울벌레의 노래」

어둠이 깔리고

편안히 숨 쉬는 풀꽃들 속에

방울벌레 한 마리가 노래했어요

축하합니다, 축하합니다

태어난 것을

밝고 무더운 날

혼자서 씩씩했던

호랑나비 애벌레

고양이 자두

눈을 감자 들려왔지요, 고운 목소리

듣기 좋아요

별빛 같아라

다정한 분이여

감사합니다, 감사합니다

축하해주셔서

그러고 나서 곤히 잠들었어요

방울벌레는 기뻐서

그리고 정말로 다정해서

밤새 불렀어요, 수줍게

여리게

아무도 깨지 않게

마음을 모아

축하합니다, 축하합니다

꽃 은 어 디 에
있 을 까

내게는 잊히지 않는 장미 한 송이에 관한 일화가 두 개 있
다. 하나는 『어린 왕자』 이야기로 세상에 널리 알려져 있는
데 나머지 하나는 그렇지 않은 것 같다.

1990년대 초반, 미국의 화가 아그네스 마틴(Agnes Martin,
1912~2004)의 집에 친구였던 페이스 갤러리 창립자 안 글림
처(Arne Glimcher, 1938~)와 그의 손녀딸 이사벨이 방문했다.
함께 시간을 보내던 중, 아그네스 마틴이 화병에 꽂힌 장
미 한 송이를 이사벨에게 내밀면서 물었다. "장미가 아름답
니?" 그러자 이사벨은 "네"라고 대답했다. 아그네스 마틴은

이번에는 장미를 등 뒤에 숨기고 이사벨에게 다시 물었다. "여전히 장미가 아름답니?" 이번에도 이사벨은 "네" 하고 대답했다. 이 대화를 지켜본 안 글립처는 말했다. 그때 아그네스 마틴은 어린 손녀딸에게 아름다움은 장미라는 대상에 있는 게 아니라 네 마음속에 있다는 걸 일깨워주려고 했던 거라고.

여름 장마가 짧게 끝난 걸 보충이라도 하려는지 8월 내내 비가 온다. 밭일을 하지 않아서 몸은 편한데 마음은 좌불안석이다. 가을볕이 따사롭고 날씨는 가문 듯해야 풋귤이 알차게 영그는데. 영양 방제도 시작해야 하고. 풀과 덩굴이 지금쯤 무섭게 올라오고 있을 테다…….

잠시 비가 멎은 오후에 혼자서 농원에 갔다. 배나무를 만나러 뒤쪽으로 돌아갔는데 배나무가 노박덩굴에 칭칭 감겨서 갑갑해하고 있었다. 가여워서 심한 쪽부터 덩굴을 풀어줬다. 그리고 약간 높은 바위 위에 서서 농원을 내려다보았다. 자라난 예덕나무와 왕모시풀에 뒷길은 막혔고 덩굴은 귤나무 꼭대기까지 올라가서 낭창낭창 흔들리고 있었다. 모기가 얼굴과 목과 손등에 달라붙었다. 처서가 지나면 모기

입도 비뚤어진다는 속담은 틀린 말이다. 무척 꼿꼿하다.

작업에 열중하는 남편에게 밭일은 내게 맡기고 마음 편히 곡 쓰라고 큰소리쳤는데 면목이 없다. 다시 빗방울이 후드득 떨어졌다. 밀려서 쌓인 숙제를 바라볼 때의 막막함. 풀과 말벌에 압도당하는 느낌은 살짝 두렵기까지 하다.

눈을 감고 심호흡을 했다. 내 안에 잠재한 꽃 한 송이를 흔들어 깨울 시간이다.

'이곳은 힘겨운 노동의 터이기도 하지만 내가 자유롭게 누빌 수 있는 나만의 작은 숲이기도 하잖아. 바로 여기에 지금이 아니면 만날 수 없는 무수한 아름다움이 생생하게 살아서 출렁이고 있다고. 어울리고 부딪히는 걸 두려워하지 마. 자, 즐겁게!'

다시 눈을 떴다. 물방울을 매달고 살랑이는 강아지풀, 쪽빛의 귀로 풀벌레 음악을 듣는 작은 달개비가 눈에 들어오고, 발걸음을 뗄 때마다 방아깨비 새끼들이 톡톡 튀어 도망가는 걸 보면서 예초기로 풀을 베지 않은 걸 다행이라고 느꼈다. 방금 전까지 두렵기만 하던 노박덩굴도 있는 그대로의 야성미가 느껴졌다. 아름다움에 눈뜬 마음이 농부로서 움츠러든 몸과 정신에 용기를 주고, 세상에 다시 신비로운 빛을 던졌다. 나는 한결 나아진 기분으로 귤나무에 대롱대롱 매달린 풋귤 몇 알을 따서 집으로 돌아왔다.

올해의 풋귤을 처음 맛보는 떨리는 순간. 반으로 가르기 전에 초록 행성같이 동그랗고 풋풋한 풋귤을 요리조리 감상했다. 반으로 가르자 방사대칭형의 속껍질과 칸칸이 가득 찬 라임색의 과육, 겉을 감싼 얇은 진초록의 외피가 눈에 들어왔다. 아무리 봐도 완벽한 디자인이다. 얇게 썰어서 햇살에 비추자 스테인드글라스처럼 과육 한 알 한 알이 싱그럽게 반짝인다. 한 조각을 입 안에 넣어 즙을 짰다. 새큼해서 침이 고인다. 목구멍이 칼칼한 게 감칠맛도 잡혔다. 가을 날씨만 도와준다면 올겨울에도 귤 맛은 괜찮을 것 같다!

풋귤로는 청을 담그는 게 일반적인데 우리는 소금을 만든다. 꼭지만 떼고 굵은 소금과 풋귤을 통째로 믹서에 갈면 끝이다. 쓰고 떫은맛이 싫으면 껍질 안쪽의 하얀 섬유 부분을 최대한 제거하면 된다. 여기에 풋고추 간 것도 조금 보태면 만능 다대기가 완성된다. 소면에 얹어서, 흰살생선이나 육고기에 곁들여서, 야채 구이와 튀김에도 찍어 먹는다. 그

야말로 고추냉이처럼 두루두루 잘 어울리는 독특하고 예쁜
소스다.

남편이 서울 출장을 갔다가 돌아오면서 꽃다발을 안겨줬
다. 와아! 보현에게는 미니 도시락 가방을 선물했다. 정신없
이 바빴을 텐데, 언제 이렇게. 꽃다발 속 꽃들은 직접 골랐
다며 플로리스트에게 이름을 물어서 노트에 적어왔단다.

"이건 루스커스, 공작초, 왁스플라워, 음……. 꽃범의꼬
리, 보리사초, 유칼립투스도 한 대 넣어 달랬어."

보리사초 빼고는 생소한 꽃들이라 나도 하나하나 도감을
찾아봤다. 서호주에서 자생하는 왁스플라워, 꽃범의꼬리는
캐나다에서부터 멕시코까지, 공작초는 북아메리카, 루스커
스는 지중해와 아프리카라. 후후후, 다들 멀리서 왔네. 여
린 물빛의 연보라와 하양, 밝고 강건한 초록빛, 가벼운 바람
이 이는 들판에 선 기분이었다. 이국적인, 서울이라는 메트
로폴리탄의 꽃다발다웠다. 그리고 왠지 남편의 영혼이 손
에 잡힐 듯했다. 볼 수도 만질 수도 없는 남편 안에 깃든 아
름다움은 이런 모양과 빛깔과 농담으로 부드럽게 흔들리고

있는 걸까, 하고.

보현만의 도시락 가방도 생겼겠다, 비도 때마침 멎었겠다, 도시락을 싸서 점심 소풍을 떠났다. 우리 건 마요네즈를 바른 바게트에 비프 파스트라미와 풋귤즙을 뿌린 비트채를 끼워서 심플하게 완성하고, 보현이 건 육포랑 고구마 말랭이, 영양 볼에 야채 퓌레까지 도시락 가방에 이것저것 잔뜩 넣었다. 오름 입구의 통나무 의자에 앉아서 선선하고 촉촉한 바람을 맞으며 사이좋게 도시락을 먹고 숲속을 걸었다. 남편은 칡덩굴 위에 얹힌 하얀 사위질빵꽃이 예쁜지 핸드폰으로 사진을 남겼고, 보현은 살짝 더워하면서도 야생초 향기를 맡는 데 열중했다. 천천히 옮기던 걸음이 제주 상사화 앞에서 멈췄다. 아름다웠다. 내 마음으로 빚어낸 듯한 꽃을 만날 때가 아주 가끔 있다.

가을장마가 끝나면 남편에게는 사위질빵꽃을 두른 접시에 음식을 담아주고 보현에게는 달콤한 미니 붓꽃 다발을 만들어주리라. 제주 상사화는 멸종위기종이라니 마음속에만 한 송이 꽂아두기로 한다.

멧비둘기의 고향 집 2

- 장미와 바비 이야기

낡은 양옥집도 마당의 풀도 초가을 볕을 쬐며 꾸벅꾸벅
조는 고요한 정오. 멧비둘기 한 쌍이 소나무 아래 담벼락으
로 날아들었다. 푸드덕, 하는 소리에 부엌에서 설거지를 하
던 나는 창 너머로 흘끗 두 마리의 새를 바라봤다가, 설거지
하던 손을 멈추고 수도꼭지를 잠글 수밖에 없었다. 지금 눈
앞에서 벌어지려는 일이 믿기지가 않았다. 둘은 사랑을 나
누려고 했다.

두 새는 담벼락을 따라 서로에게 가까이 갔다. 수컷은 짝
의 눈동자와 얼굴을 세상에서 가장 매혹적이라는 듯이, 동

시에 하염없이 여리다는 듯이, 황홀하고 부드럽게 바라보았고, 짝은 부끄럼을 타면서도 수컷의 눈빛을 순순히 받아들였다. 수컷이 암컷의 볼에 **뽀뽀**를 했다. 목덜미에도, 부리에도 **뽀뽀**를 했다. 서로가 서로의 목덜미 깃을 꽤 오랫동안 정성껏 골라줬다. 그러다가 불현듯 긴 부리가 완벽하게 맞물리면서 깊고 진한 키스를, 곧이어 짧은 사랑을 나누었다.

감정을 읽기 힘든 새의 눈동자에서 사랑이 읽히던 신비로운 순간에 나는 눈앞의 멧비둘기 한 쌍이 느끼는 감정이 너무도 생생하여 한 손으로 입을 막고 숨도 제대로 쉬지 못했다. 심장이 쿵쾅거리고 얼굴까지 붉게 달아올랐다.

'서로에게 깊이 **빠졌구나**. 사랑하고 있구나.'

그 모습이 말로 다할 수 없이 아름다워서 나도 모르게 눈물을 흘렸다.

그렇게 2020년 초가을, 장미와 바비가 메이와 준에 이어 우리 집 소나무 위에서 태어났다. 메이와 준을 떠나보낸 아쉬움이 채 가시기도 전에 늠름한 수컷 한 마리가 짝을 데려와서 소나무를 둘러보더니 다음 날 바로 사랑을 나눈 것이다. 이번에는 몰라보게 성숙해진 티엔이 찾아온 걸까? 부부는 메이와 쥰의 둥지를 조금만 손봐서 그대로 썼다.

두 아기 새가 태어난 절기는 백로. 태풍이 잦은 때였다. 가벼운 태풍 '장미'와 세찬 태풍 '바비'를 무사히 견뎌낸 아가들에게 남편이 태풍의 이름을 따서 몸집이 작은 아기에게는 '장미', 큰 아기에게는 '바비'라고 붙여줬다.

싱어송라이터인 남편은 유난히 설레어했다. 무슨 생각에 잠긴 듯 몇 날 며칠을 방 안에서 지냈고, 외출할 적이면 반드시 둥지 쪽을 올려다보며 "장미, 바비, 다녀올게"라는 인사를 건넸다. 꼭 자기의 목소리를, 너희의 이름을 기억해달라는 듯이.

어느 날, 남편은 작업실로 들어간 나를 앉으라더니 새로 쓴 곡을 들려줬다.

"한 번 들어 볼래? 「어린 새(fledgling)」라는 곡이야."
"와, 그동안 곡을 썼구나! 좋지. 떨린다."

덜컹덜컹, 밭 가는 트랙터와 건설 현장의 기계 소리가 들렸다가 저만치 멀어지고, 작은 새가 삐악삐악, 하는 듯한 여린 소리와 낡고 따뜻한 피아노 소리가 들릴 듯 말 듯하게 흘러나왔다. 규칙적으로 들려오는, 잘은 모르겠지만 나무 조각이 딸각거리는 소리와 무언가를 긁는 소리, 바스락거리는 소리가 포근하고 아늑한 향수를 불러일으켰다.

"제목이 왜 '어린 새'야?"

"아, 그게. 후후, 줄탁동시(啐啄同時). 아기 새가 알에서 태어날 때 아기는 알 속에서 껍질을 쪼고, 동시에 엄마도 알 밖에서 껍질을 쪼아야만, 그러니까 둘이 함께 힘을 내야만 비로소 아기 새가 세상 밖으로 나올 수 있다는 걸 상상하면서 곡을 썼거든."

"아, 후후. 다시 들어볼까? 알 속의 아기 새가 된 것 같은 기분이 들어. 껍질 밖의 세상이 얼마나 궁금할까. 정말 좋았어. 들려줘서 고마워."

우리 집 주변의 끊이질 않는 건설 현장 소리와 기계 소리를 장미와 바비도 알 속에서부터 들으면서 컸겠지. 남편은 그런 세상의 소음도 품으려고 노력했구나. 아기 새들에게 보내는 음악이라서 더 더 여리고 포근한 소리를 담으려고 고민도 많이 했겠고. 새삼 남편의 사려 깊고 다정한 영혼에 감동하면서 어린 시절 고향 집에서 늘 흐르던 음악으로 기억할 수 있도록, 어서 장미와 바비에게 남편의 새 곡을 들려주고 싶었다.

초강력 태풍 '마이삭'이 북상한다는 뉴스가 떴다. 장미와 바비는 날개깃도 채 다 펴지지 않은 아기 새였다. 초속 25미터를 넘는 강풍을 과연 저 엉성한 둥지가 버틸 수 있을 것인가. 흐린 낮부터 심상치 않은 바람이 소나무를 흔들었고, 어미 새는 꼼짝도 하지 않고 둥지 곁을 지켰다. 우리가 해줄 수 있는 거라곤 이번에도 부엌 창 너머로 음악을 들려주고 기도를 올리는 것뿐이었다. 남편의 「어린 새」와 모차르트의 「피아노 소나타」를 번갈아 틀어주면서 이번에도 부디 별일 없이 태풍이 지나가기만을 빌었다.

저녁 7시. 우리는 태풍의 한가운데에 있었다. 어미 새는 자신을 날려버릴 듯한 바람을 더 이상 견디지 못하고 어디론가 대피했다. 옥상에서 둥지를 살피고 온 남편이 둘만 남아 있다고 전했다. 냉장고 안의 빵, 치즈, 과일 따위의 저장식품을 손에 잡히는 대로 꺼내서 저녁을 먹는 둥 마는 둥 하며 실시간으로 태풍의 위치를 확인했다.

저녁 8시경 플래시를 들고 나간 남편이 집 안으로 후다닥 달려 들어오면서 "한 마리가 없어! 안 보여!" 하고 외쳤다. 바깥으로 뛰쳐나갔다. 미친 듯이 부는 바람을 타고 빗방울이 비비탄처럼 온몸을 때렸다. 힘겹게 실눈을 뜨고 얼굴을 때리는 비를 연신 손으로 훔치면서 소나무 주위 바닥을 살피던 중, "아악!" 솔잎이 쌓인 데 고인 물 위에 무언가가 둥둥 떠 있었다.

차갑게 식은 어린 새를 안고 황급히 안으로 들어와서 인공호흡을 했다. 남편이 손바닥의 체온으로 어린 새의 몸을 덥히며 가슴팍을 눌렀다 떼고 부리에 숨을 불어 넣었다. 찍, 찍. 부리에서 가는 빗물만이 침처럼 흘러내렸다. 감긴 눈은 뜨지 않았다. 이미 죽은 걸 알고 있는데도 남편은 슬피 울면서 인공호흡을 멈출 생각을 안 했다.

"깨끗한 천에 감싸서 냉동실에 안치해주자. 한 마리가 더 남아 있어."

그제야 남편은 어린 새를 천천히 내려놓았다. 9시. 10시.

11시. 한 시간마다 남은 어린 새의 생사를 살피고 태풍의 고비를 넘기고 나서야 우리는 겨우 잠들 수 있었다.

다음 날 아침, 눈을 뜨자마자 옥상으로 달려 올라가서 둥지 안을 내려다보았다. 비에 흠뻑 젖은 바비가 수정 같은 두 눈을 깜짝이면서 숨죽인 채로 부모 새를 기다리고 있었다.

작은 태풍의 이름을 얻은 장미의 목숨을 거인 같은 태풍 '마이삭'이 냉정하게 앗아갔고, 바비만이 연달아 찾아온 '하이선'까지 네 번의 태풍을 견디고 살아남았다. 지금 생각해도 너무 슬프지만 허술한 둥지는 장미가 떨어졌기에 바비의 무게를 끝까지 버틸 수 있었던 것 같다.

태풍이 여름을 완전히 데리고 떠난 뒤 완연한 가을이 찾아왔다. 기분 좋은 가을바람을 조금이라도 더 일찍 타고 싶었던 건지 바비는 처음 날갯짓해서 소나무를 내려온 날에 담을 넘어 바깥까지 나갔다가 돌아왔다. 다음 날도, 그다음 날도, 메이와 준에 비하면 외출 시간이 길었다. 어미 새가 멀리 떠난 바비를 수유하려고 소나무로 부른 날에 우리는 냉동실의 장미를 꺼내어 두 새가 지켜보는 가운데 앵두나무 옆에 묻어줬다. 그날만큼은 바비가 집에 머물렀다. 소나무

가지 위에서 상주를 서는 것처럼 내내 서 있었다.

그 후로도 바비는 장미 무덤가로 내려와서 풀씨를 쪼거나 일광욕을 하며 놀았다. 바비는 동생이 이 아래 있다는 걸 알고 있었다.

'장미가 살아 있었다면 지금쯤 둘도 없이 든든한 동지가 되어 함께 세상을 탐험했을 텐데.'

혼자 노는 바비를 보고 있으면 자꾸만 가슴이 에이는 듯했다.

어느 화창한 날이었다. 이제는 언제라도 떠나갈 수 있을 만큼 날갯짓이 자연스러워진 바비가 외출했다가 돌아와서 담벼락 위로 사뿐히 내려앉았다. 나는 그의 이름을 불러보았다.

"바비?"

그러자 바비가 고개를 돌려 내 얼굴을 정면으로 보면서

약간 갸웃거렸다. 다시 불러보았다.

"바비?"

바비는 붉고 투명한 눈으로 얼마간 나를 뚫어지게 바라보았다.

나를 부른 거지? 내 이름을.

바비는 내게 눈빛으로 그렇게 대답하고는 계속 무슨 메시지를 전하려고 했다. 하지만 그 뒤의 메시지는 미처 읽을 수 없었다.

다음 날 바비는 우리 곁을 완전히 떠나갔고, 장미는 고향 집에 영원히 남아 달콤하게 불어오는 가을바람과 풀벌레의 노래를 우리와 함께 들었다.

인연의 열매

-J에게

세워보려 한 성이 폐허가 되는 경험은 정말 힘든 것이긴 했어. 하지만 다시 일상과 정신을 재건하는 과정에서 정말 많은 것을 배운 것 같아. 아직은 말로 표현이 잘 안 되지만 인생의 고통에 대해서. 그것이 사람에게 주는 영향과 그럼에도 불구하고 끊임없이 회복해나가는 인간의 위대함에 대해서도. (2021.7.25.)

올 생일에 J는 편지를 보내 카페를 열었다는, 생각지도 못한 이야기를 했다. 상계동이 먼 곳이긴 하지만 한번 들러달라고 초대했다. J를 마지막으로 만난 건 3년 반 전이다. 그 사이 간간이 주고받은 편지를 통해 J가 사람들과의 관계 문제로 아주 아프고 힘든 시기를 지나고 있음을 어렴풋하게나마 짐작했다. 사람과 어울리기보단 조용히 몸과 마음을 회복하는 데 힘쓰고 있다는 J를 그래서 선뜻 찾아갈 수 없었고, 먼발치에서 조금은 걱정스레, 하지만 언젠가는 J가 시간의 도움을 받아 다시 추스르고 편안해지는 때가 올 거라고 믿으면서 연락 주기를 기다리고 있었다.

한번 들러달라는 J의 말에 단숨에 그가 그리워졌다. 짐 가방에 풋귤 다섯 알과 순하고 질긴 행주 세트를 넣고, 꽃집을 지나다가 눈에 띈 붓꽃 세 송이도 데리고서 서울 북동쪽 끝의 7호선 수락산역으로 갔다.

역을 빠져나오자 비가 올 거라던 서울 하늘은 다행히 개어 있었다. 번잡한 역 주변을 벗어나서 동네 길로 들어서니 문방구, 분식집, 어르신들의 쉼터가 있는 한적한 아파트 촌이 나왔다. 곧 아담한 빌라 1층에 자리한 J의 카페가 나타났다. 떨리는 마음으로 가까이 다가가자 안에서 누군가가 통유리 너머로 나의 낌새를 알아차리고 천천히 일어섰다. J였다.

'J가 작아졌어.'

이게 나의 첫 느낌이었다. 실은 한눈에 알아보지 못했다. 원래 쓰지 않던 안경을 쓰고 있고 살이 많이 빠져서였을까. 수녀님을 뵈면 느끼곤 하는 '어쩜 저리 조그마하신지'라는 느낌을 J에게서 처음 받았다. J는 차분하고 다정하게 날 맞으며 안으로 들어오라고 했다. 고요하고 찬찬한 손짓 발짓이 어느 틈에 J에게 배어 있었다. 아버지께 드릴 빵을 싸주고 계산을 하고 의자에 앉았다가 일어나는 모든 행동에, 이야기를 경청하고 반응하는 J의 표정과 목소리에도 기품이 어려 있었다. 많이 변한 듯한 인상 속에서 말간 낯빛과 하회탈처럼 눈이 감기며 싱글벙글 웃는 앳된 모습은 여전하다는 걸 찾아냈다. 그날 J는 참 아리따웠다.

얘기를 나누던 중 나는 아주 조심스럽게 물어보았다.

"여전히 영화는 하고 싶은 거?"
"응. 그런데 영화 찍는 게 여러 가지로 힘들어서."

예전엔 어른이 되는 일이 더 강해지는 일이라고 생각했는데,

지금은 더 나약해지는 과정이라는 생각도 들어. 한 해 한 해 지날수록 새로운 어둠을, 절망을 알게 되는 과정. 그렇지만 하나야, 그렇기 때문에 더 냉소하거나 비관하지 않도록 늘 마음을 살피고, 주변 사람들도 돌보고 도움받으며 희망하는 습관을 가져야겠다는 다짐도 하게 된다. (2017.12.19.)

우리는 테라스 자리로 나와서 좀 더 이야기를 나누었다. 그간 J는 친구들과 함께 길고양이 새끼를 임보해왔고 얼마 전엔 아파트 경비실 주변에서 새끼를 낳은 떠돌이 삽살개와 새끼들을 모두 집으로 데려와서 돌보는 중이라고 했다.

"그만해야지, 그만해야지, 하는데 눈에 띄면 또 그냥 둘 수도 없고. 강아지는 처음이야. 어쩌지?"

J의 사랑은 따뜻한 물이 되어 더 낮은 곳으로 흘러가고 있었다.

카페는 차분한 분위기로 작가들이 사유하기 좋은 공간이었다. 비싸지 않은 음료값, 적당한 간격으로 놓인 1~2인용 테이블, 작은 음악 소리, 계산대에 놓인 안내문에서 자기만의 시간을 보내려는 손님을 향한 배려가 느껴졌다. J가 직접 구웠다는 대파 치즈 스콘은 눈속임 없는 진한 맛을 냈다. 곁에 놓인 소금 빵도 심플하지만 버터 풍미 가득한 맛일 것 같았다. 보고만 있어도 입에 침이 고였다.

'빵도 J의 다른 작품을 닮았네. 신기하기도 하지……'

언제라도 이곳에 오면 J가 구운 빵을 먹을 수 있고 J를 만날 수도 있다는 생각이 그날 내게 깊은 위로를 줬다. J에게 풋귤이 마음에 들고 필요하면 돌아가서 더 보내주겠다고 약속하고는 카페를 떠났다.

J가 편지에 쓴 '세워보려 한 성'이란 그가 만든 영화 제목이었다. 우리는 대학 동기인데 둘 다 전공에는 관심이 없었고 J는 인문대 미학과 수업을, 나는 음대 작곡과와 농대 산림학과 수업을 많이 들었다. J는 학부를 졸업하고 다른 대학 영화과에 진학했다. 나도 일본으로 유학을 떠났다가 귀국해서는 곧 제주로 이사를 왔기 때문에 우리는 자주 만나진 못했다.

대신 일 년에 한두 번씩 편지를 주고받으며 인연을 이어
왔는데, 나는 J의 편지를 받으면서 늦게서야 J가 얼마나 속
깊고 따뜻한 사람인지를, 똑똑하고 자존심 있는 친구이며,
좋은 영화를 만들겠다는 꿈을 실현하기 위해 어느 정도로
착실히 준비했고 또 나아가고 있는지를 알게 되었다. J의 편
지를 받을 적마다 읽고 또 읽었다. 친구의 편지가 뭐가 그
리 좋았는지, 알 수 없이 끌린 이유가 궁금했는데, J가 졸업
작품으로 세상에 내놓은 단편영화를 종로의 한 영화관에서
보았을 때 비로소 알 것 같은 기분이 들었다.

가물가물한 추억을 더듬으며 내 짧은 기억력에 한숨이
나온다. 영화 내용의 대부분을 까먹었지만 탈북 학생인 H
가 남한의 어느 학교로 전학 간 날의 장면은 꽤 생생하게 기
억이 났다. 담임 선생님이 모두의 앞에서 H를 소개하며 무
심코 내뱉은 한마디("북한에서 온……")에 H의 돌변하던 눈
빛과 머뭇거리고 깨물던 입술이, H를 감싸고 도는 아름다
운 햇빛과 따스한 영상미가 뇌리에 남아 있다. 영화가 끝나
고 적막한 어둠 속에서 크레디트가 화면 위로 길게 길게 이
어져 올라가던 그때 나는 영화로 인간을 위로하게 된 나의
벗에게 조용히 찬사를 보냈다. J가 인생을 바쳐 영화를 만들

면서 얻고 싶은 의미와 가치는 인간의 존엄과 사랑이라는 걸 알게 된 그날, 태어나서 처음으로 내 나이 또래의 친구에게 존경스러운 마음을 품었다.

> 어젯밤 비행기를 타고 컴컴한 구름 위를 날다 제주 하늘로 다시 내려오는데, 역시 컴컴한 밤바다에 너무나 밝은 빛을 매단 배들이 둥둥 떠 있더라. 『인간의 대지』에서 생텍쥐페리가 야간 비행에 대해 했던 얘기를 떠올렸어. 수 시간 깜깜한 허공을 날다 지상의 빛을 따라 착륙할 때의 마음을. 그렇게 인간이 인간으로부터 받을 수 있는 위안을 말이야. (2017.12.19.)

"못 보낼 것 같아! 내 앞에 마흔다섯 명."

풋귤이 추석 전에 J의 카페에 도착할 수 있도록 퍼붓는 비를 뚫고 제주시 우편집중국으로 9시까지 달려간 나와 남편은 차를 돌려서 북적거리는 우체국을 빠져나왔다. 하필 추석 직전에 태풍이 오다니. 배편은 끊겼고 항공편 접수도 9시 30분까지만 받는다고 했다. 지금 풋귤을 부치면 일러야 열흘 후에나 도착한단다. 떠나보내지 못한 풋귤 상자를 안고 집으로 되돌아오는데 조금 기운이 빠졌다. J는 서두를 거 하나 없다고 안전하기만 바라겠다며 천천히 보내달라는 기별을 앞서 전했지만, 맛에 물이 오른 예쁘장한 풋귤을 제때 J의 카페로 보내지 못하는 게 아무래도 서운했다.

성난 비바람 소리에 쉬이 잠이 오지 않던 그날 밤, 나는 편지함을 열어 소중하게 간직한 J의 편지들을 다시 읽어보았다. 인생의 굴곡진 시기마다 어둠 속에서 캐낸 진주 같은 말들이, 벗을 생각하며 마음을 정돈해서 써내려간 등불 같은 말들이 그 안에 담겨 있었다.

> 이상하지만 인생에서 어떤 원하는 것들은 시간 차를 두고 나를 찾아오는 것 같아. 할아버지와 함께 지내는 동안 시간이 제일 여유로운 내가 집안일과 간병 일부를 맡아 하곤 했는데, 중간에 요양 보호사 분이 오시는 시간 동안 가 있을 나만의 공간이 필요하다고 생각했던 게 컸거든. 그런데 이상하게도 모든 일이 다 끝나고 나니 오히려 원하던 일이 일어난 거야. 왠지 이것도 작지만 할아버지의 선물일까, 하고 혼자 생각하기도 해. (2016.11.10.)

최선을 다해도 진심을 다해도 전해지지 않는 순간을 마주하면 절망하게 되지만, 한 번의 절망이 여러 번의 기쁨을 상쇄하지 않도록 자꾸자꾸 사랑하는 사람들을, 동물들을, 숲과 바다와 추억의 시간들을 떠올리려 해. (2019.7.25.)

태풍이 지나가고 더없이 밝고 산뜻한 가을날이 이어졌다. 선선한 바람을 타고 노랑발도요와 참매가 파란 하늘을 날아서 바다 마을을 찾아왔다. 새로 돋은 보랏빛 억새 위를 고추잠자리 떼가 날아다녔다. 추분이 안겨주는 날씨의 변화는 모든 게 축복처럼 느껴졌다. 나는 농원으로 가서 J에게 보낼 풋귤을 다시 땄다. 신입생 환영회 술자리에서 같은 테이블에 앉게 됐다는 이유 하나만으로 친구가 된 J. 인간답게 살기를 바라며 성장하려고 애써온 J. 우리가 처음 만난 날로부터 16년 뒤 J에게는 카페라는 열매가 맺혔고, 내게는 고결하게 시간을 쌓아온 J와 풋귤이란 열매가 함께 맺혔다. 카페에서 J가 땀 흘리는 시간은 J의 앞날에 또 어떤 밑거름이 되어줄까.

하나야. 삶은 주어진 것이지만 유한함 속에 내가 선택하고 지켜낼 것들이 있다는 걸 난 이제야 배워가는 것 같아. 언제든

생각지도 못할 일이 일어날 수 있다는 게 절망이지만 또 희망
이라는 것도. 우리 건강하게, 행복한 쪽으로 삶을 일구어나가
자. (2021.7.25.)

어 느 무 구 한 하 루

언젠가부터 습관처럼 꽃을 꽂아오던 걸 진지하게 발전시
켜보고 싶어졌다. 농원에서 일을 마치고 나오는 길이나 산
책하다 눈에 띄는 제철 꽃들을 몇 송이씩 데려다가 집 안의
유리컵, 술병, 그릇 등에 꽂아두곤 했는데, 그때마다 알 수
없는 충만감과 기쁨에 사로잡혔다. 스스로 '어? 이렇게나
좋아할 줄은 몰랐는데' 하고 놀라곤 했다.

'이건 남편이 좋아하는 꽃이니까 데려가자.'
'오늘은 보현을 축하하는 미니 꽃다발을 만들어야지.'

'억새가 처음 눈에 띈 날이었어. 내일은 베어다가 집 안에 가을 분위기를 내볼까?'

오랫동안 계속해왔지만 내 몸의 일부처럼 너무나 자연스러워서 나 자신도 미처 알아차리지 못했던 사랑하는 일 하나를, 이 가을에 문득 말로 표현할 수 있게 된 느낌이다.

'나는 꽃을 하는 걸 정말 사랑하는구나.'

불필요한 보험을 깨서 마련한 작업비로 꽃 디자인 기초 수업을 신청했다. 그렇게 올 하반기 매주 목요일마다 파주에 가게 되었다. 든다. 파주까지 가는 이유는 '이 선생님이 아니면 안 돼'라는 확신이 드는 분이 그곳에 계시기 때문이다. 'mugu'의 이현주 플로리스트다. 선생님의 천진무구한 꽃 세계를 인스타그램에서 본 날, 제철 꽃들이 생생한 빛과 자태로 비정형적이고 유연하게, 그러나 확실한 메시지를 갖고서 한자리에 모여 있는 모습에 깊이 매료되고 말았다. 꽃, 열매, 가지가 작품 속에서 어울려 살아가고 있는 느낌이었다. 이런 신비한 느낌은 신사임당의 「초충도」를 만난 이후로 처음 받아보는 것이었다.

BORN, NOT MADE

타고난 그대로, 철마다 가장 아름다운 소재들로 디자인합니다. 원래 그 자리에 피어 있었던 것처럼 온전하고 담담한 꽃을 합니다.

무구의 철학까지 모든 게 멋졌다. 직접 뵙고 많은 걸 배우고 싶었다.

파주로 떠나는 날 새벽, 옷장에서 가을 코트를 꺼내어 집을 나섰다. 제주공항에서 김포공항으로, 김포공항에서 홍대입구로, 홍대입구에서 직행버스를 타고 자유로를 달려 파주로 들어서는데 상록수가 많은 제주에선 만날 수 없는 선연한 가을색이 강변에 번져가는 풍경이 너무 오랜만인 것 같아서 설렜다. 말로만 듣던 파주출판단지에 도착해서는 호기심에 차서 골목골목을 헤집으며 거닐었다.

'엇, 상수리 열매다. 저기에도 상수리 열매가! 와, 곱슬곱슬 귀여운 고깔 좀 봐.'

타는 듯 붉고 샛노란 벚나무 잎사귀가 가지 끝에 매달려 곧 떨어질 듯 대롱거렸다. 그리고 습지가 있을 줄이야! 바람이 불어오고 고동빛의 갈대가 바람을 타고 한들한들 습지 위로 기울었다가 다시 일어섰다.

'겨울 철새를 만날 수 있을지도 몰라.'

낯선 거위류 소리가 들려서 하늘을 올려다봤다. V자를 이룬 큰기러기 편대가 점점 다가오고 있었다. 와! 사선으로, 와! V자로, 또다시 사선을 그으며 무리가 속속 도착했다. 남쪽 나라에서 올라와 산산한 공기와 여백을 느끼며 반가워하는 나와 북쪽 나라에서 내려와 풍성한 먹거리와 온화한 기후에 안도하고 있을 큰기러기가 어찌 보면 반대의 이유로 여기, 파주에 모여서 가을을 만끽하고 있다는 생각에 이르자 아득한 기분이 들었다. 가을은 누구라도 사랑하지 않을 수 없겠다. 사랑할 이유가 너무도 많다.

무구 작업실 문을 열자 그윽한 꽃향기가 단숨에 밀려와서 온몸을 기분 좋게 감쌌다. 작은 키, 환하고 통통한 얼굴, 까만 안경 뒤로 흑석처럼 빛나는 눈을 가진 이현주 선생님이 밝게 웃으며 "하나 씨?" 하고 맞아주었다. 그리 넓지 않은 원룸에 생화와 꽃 서적, 화병, 도구들이 벽을 따라 선반에 가지런히 정돈되어 있고, 학생이 작업할 긴 테이블은 작업실 중앙에 놓여 있었다. 먼저 와 있던 다른 두 명의 학생과 눈짓으로 인사를 나눈 뒤 나도 테이블 앞에 앉았다. 선생님이 따뜻한 호박차와 증편을 대접해주었다. 뒤로 트인 베란다 공간으로 가을볕과 바람이 드나드는 모습이 아름다웠다. 저쪽에선 사진 작업을 하시겠지.

곧 나머지 학생도 도착했다. 작게 틀어놓은 재즈도, 벽에 걸린 노석미 화가의 작품도, 평소에 즐기는 것과 크게 다를 바가 없어서 신기할 정도로 금세 마음이 평안해졌다. 우리는 돌아가면서 자기소개를 하고 바로 수업에 들어갔다.

"오늘은 사방형 유리 화병꽂이를 할 거예요. 동서남북, 위 중간 아래 어디서 보나 조화로운 꽃이에요. 세련되진 않은데 초보자에게는 무난하고요. 자기 집 정원에서 자른 꽃들을 집 안으로 가져와 꽂는 콘셉트라고 생각하시면 돼요."

재료는 로즈마리, 유칼립투스, 층꽃, 레이스플라워, 구절

초, 라임백일홍, 클레마티스, 보라공작초, 겹공작초, 소국, 천일홍, 코스모스, 원예종과 야생화. 색깔과 형태와 질감이 다양한 꽃들이 모여 있었다. 선생님이 먼저 시연하셨다. 다른 꽃대들이 기대는 축이 되어줄 로즈마리와 유칼립투스부터 사방으로 꽂아갔다. 음. 줄기 아래를 훑고 밑동을 날카로운 사선으로 자르고, 시든 꽃을 살리는 기본기에 매우 충실하다.

"줄기 끝이 물속에 잠겨 있는지 꼭 확인하세요. 플로리스트의 책임이라고 저는 생각한답니다."

꽃을 손에 잡으면 잠시 고민한 뒤 한 획에 확실하게 꽂는 모습도 인상적이었다.

"자꾸 만지작거리면 꽃도 지치니까요."

프로 바둑 기사가 한 수 앞을 내다보듯이 선생님은 자기 손에 들린 꽃이 놓여야 할 자리가 어디인지 보이는 듯했다.
우리 차례가 됐다. 선생님의 시연을 따라 흉내 내봤다. 그

런데 어떻게 이 많은 꽃을 화병 하나에 채우지? 의외로 진
땀 흘리며 어려웠던 건 채우는 일이었다. 몇 대만 꽂아도 찬
것 같고, 자잘한 공작초는 더 필요 없을 것 같고, 내 옆에 어
서 꽂아달라는 꽃들은 하품하며 기다리고, 너무 빽빽할 것
같아 못 꽂겠고…….

"꽃 꽂는데 성격 나오죠?"

맞은편에서 턱, 턱, 호방하게 꽂아가는 나영 씨가 선생님
께 질문했다.

"그럼요."

내 꽃을 살피러 오신 선생님이 손가락으로 안경테를 올
리면서 말씀하셨다.

"공작초를 남겨둔 이유가 있으세요?"
"아, 딱히 없지만 너무 많은 것 같아서요."
"하나 씨는 평소에 여백을 즐기나 봐요. 채우는 걸 힘들

어하네요."

"헤헤, 네. 맞아요."

각자 완성한 화병꽂이를 선생님의 시연 장소로 들고 가서 평가할 때 선생님께서 로즈마리와 겹공작초 사이 빈틈에 조그만 코스모스 한 대를 꽂으면서 말씀하셨다.

"채우는 연습을 하세요. 채워진 데서 빼는 게 더 쉽거든요. 저도 처음엔 그랬어요. 그래서 이해가 가는데요, 지나고 보니 그쪽이 실력이 빨리 느는 길이더라고요."

"네, 선생님."

성긴 꽃 뭉치를 제자리로 옮기면서 선생님의 말씀을 곱씹어봤다. 채우지 못하면 뺄 것도 없다는 뜻일까? 많은 꽃으로 보기 좋게 화병 또는 공간을 채우는 걸 익힌 사람은 빼는 기술을 익히기도 쉽지만, 애초에 채우는 기술을 모르는 사람은 빼는 기술을 익힐 수조차 없다는 뜻이겠다. 여백은 빼고 남은 빈자리임을 잊지 말아야지.

성기든, 부족한 듯해 아쉽든, 향기롭고 사랑스럽기 그지

없는 커다란 꽃다발을 품에 안고, 달리고, 비행기에 올라타고, 풀물 든 손가락으로 김밥을 집어 먹으면서 늦은 밤 집에 돌아왔을 땐 완전히 뻗어버렸지만, 역시 듣길 잘했다고, 가슴 벅차게 행복하다고 느꼈다.

농원에서 복습할 땐 어떤 아이들을 데려올까. 억새와 코스모스는 얼마나 피어 있을까. 탐스러운 꽃은 지금 없는데 귤과 레몬을 대신 그 자리에 앉히면 어떨까? 잠자리에 누워 즐거운 상상을 하다가 스르르 잠이 들었다.

보은

전번에 서울에서 친구 J를 만났을 때 물어봤다.

"저기, 고양이가 생쥐를 물어다 우리 눈에 띄는 데 놓아
두는 건 무슨 의미야?"
"어, 그거 보은한 거야. 고맙다고. 자기한테 소중한 걸 굳
이 준 거니까. 길고양이한텐 특히 더 그래. 생쥐를 받았어?
이야, 그거 받기 힘든데. 좋겠다."

남편 예상이 맞았네. 보은이라. 사료만 먹고 재빨리 사라

지는 자두가 우리를 경계해야 할 사람으로만 생각하는 줄 알았는데 우리에게 감사한 마음을 품고 보답까지 하다니 얼떨떨했다. 우리가 생쥐를 받을 만큼 크게 신경 써준 것도 아니라서 조금 쑥스럽고 재물이 된 생쥐는 가여웠다.

여하튼 우리는 날이 저물면 밥그릇과 물그릇을 깨끗이 씻어서 사료 조금과 신선한 물을 매일 같은 자리에 갖다주는 걸 이어갔다.

그러던 어느 날이었다. 남편이 "자두가 아니라 다른 애가 오는 것 같아"라고 말했다.

"만났어?"

"응. 꽤 가까운 데서 기다리고 있더라고. 노란 줄무늬야."

"자두 엄마일까? 아니면 형제?"

"형제일 수도. 엄마는 얼굴을 많이 찡그리고 있었잖아. 이 아이는 건강해 보였거든."

며칠 뒤 나도 드디어 담 위에서 밥을 기다리며 웅크리고 있는 노란 줄무늬 고양이를 만났다. 고양이는 나를 보자마자 후다닥 도망쳐서 옆집 삼촌 댁 담 안쪽으로 숨었지만, 내가 밥과 물그릇을 놓고 돌아서자 다시 스윽 나오더니 내 뒷모습이 멀어지기를 기다렸다.

"진짜네."
"그치? 황두가 왔지?"
"응. 하하, 이름이 뭐? 황도? 황두?"
"아, 그냥 생각나서 말해본 건데. 하나가 더 마음에 드는 걸로 하자."
"음음. 황두!"

좀 더 정겹고 단단한 이름을 골랐다. 그나저나 자두는 지금쯤 어디에 있을까? 보고 싶다. 누가 오든 상관없다만. 길고양이라면 누구라도 우리 집에서 안심하고 고픈 배를 채웠으면 한다.

그러던 어느 날, 황두가 우리에게 완전히 마음의 문을 연 일이 벌어졌다. 전날 밤에 보현과 가을 전어, 참치 회 파티를 벌이고서 참치 회 세 점을 남겼는데, 다음 날에는 조금 비려지기도 했고 어제 우리 셋만 먹어 미안하기도 해서, 무쇠 팬에 달달 휘릭 휘릭 볶아서 황두의 첫 특식으로 줬다.

그런데 글쎄 깊어가는 밤에 부엌 창 너머로 늑대 울음같이 긴 고양이 소리가 들려왔다.

"야옹, 냐아~~~옹, 냐아아아~~~~~옹."

이건 틀림없이 환희의 노래다! 너무 맛있었나? 어쩜, 별일 아닌데 괜히 나까지 기쁘네. 종종 해줘야지. 설거지를 마무리하고 어두운 내 방으로 들어와서 피곤한 눈을 비비며 서울의 어머니께 안부 전화를 드렸다. 습관적으로 창밖 풍경을 내다보는데 뾰족한 귀가 달린 호리병 그림자가 우리 집 옥상에 생겨난 게 희한했다. 어머니와 통화를 하다 말고 눈을 가늘게 뜨며 그림자를 살폈는데 엇, 고양이었다!

황두가 옥상에서 밤바다와 먼 데 초롱거리는 집어등을 내려다보고 있었다. 황두 머리 위 서쪽 하늘에 별 베가와 데네브가 차고 맑게 빛났다.

황두는 지금 무슨 생각에 잠겨 있을까. 태어나서 아마도 처음 맛본 불에 그을린 음식, 따뜻한 김이 모락모락 나는 음식에 너무 놀라고 맛있었던 나머지 혼자 조용히 눈물을 흘리고 있진 않을까? 가만히 옥상에 머물던 황두의 작고 완만

한 어깨 그림자가 그날 밤 왠지 내 마음을 울렸고 나야말로
황두에게 완전히 마음의 문을 열어버렸다.

그러던 또 어느 날, 이번에는 마당의 비자나무 쪽에서 경
이로운 일이 벌어졌다. 날개 달린 보현의 동생(여러분도 맞
춰보시라), 누구냐 하면 바로······. 그렇다! 바비가, 바비가
짝지를 데리고 돌아온 것이다!

창을 열고 차가운 공기를 집 안으로 들이며 아침을 먹는
데 비자나무 쪽에서 꽤 긴 멧비둘기 노래가 들려왔다. 나와
남편은 눈을 맞추며 고개를 갸웃거렸지만 무심히 넘겼다.
소나무 쪽도 아니었고 멧비둘기가 산란하는 계절은 진즉
지났다고 생각했던 거다.

그런데 보현과 아침 산책을 마치고 돌아온 내 앞에 비자나
무 안쪽에서 크고 멋진 멧비둘기 수컷이 뿅, 하고 나타났다.

나도 모르게 "너 바비지!" 하고 물었다. 수컷은 나를 뚫어
지게 바라보더니 도망가지도 않고 생각에 잠긴 신사처럼
비자나무 가지 앞뒤로 서성였다.

바비다. 바비가 돌아왔다. 그의 입에는 긴 나뭇가지가 물
려 있었다.

내가 수컷을 바비라고 확신한 이유는 간단하다. 굳이 사람 눈높이의 나지막한 비자나무에 둥지를 틀 멧비둘기는 이 세상에 바비밖엔 없을 것이기 때문이다. 바비는 소나무 위에서 땅에 내려온 첫날 이 비자나무를 마음에 들어하며 비자나무 줄기에 앉아 오랫동안 바깥을 내다보았다. 그리고 바비이기에 소나무 위에는 둥지를 틀 생각을 하지 않는 것이기도 하다. 동생이 떨어지고 생사를 다퉜던 아픈 기억이 잊히지 않고 남아 있는 것이리라.

바비는 무척 곱고 작은 짝지를 데려왔다. 우리는 짝지에게 '루시'라는 이름을 지어주었다. 바비와 루시는 낯을 전혀 가리지 않아서 가까이 다가가 둥지 짓는 모습을 올려다볼 수 있었다. 보현도 둘을 쫓을 생각을 안 했다. 우리 모두 처음 만난 순간부터 핏줄로 엮인 친척지간이 간만에 고향 집에 모인 것처럼 친근하게 굴었다. 우산처럼 펼쳐진 비자나무잎 지붕 아래서 바비와 루시의 신혼집은 하루가 다르게 완성되어갔다. 그러면서 우리의 고민도 나날이 커졌다. 황두가 우리 집을 편하게 여기며 마당에서 놀기도 하고 나무와 담을 폴짝폴짝 타고 다니는 것 같았기 때문이다.

그러던 어느 날, 흐리고 가을비가 추적추적 내리는 아침에 루시와 바비가 나타나지 않았다. 다음 날도 오지 않았다.

아, 떠났다. 허전한 마음에 비자나무 아래를 괜스레 서성
거리다가 바비의 보드랍고 따스한 깃털 하나를 발견했다.
바비는 보이지 않는 글씨로 짧은 작별 인사를 남겨두었다.

'루시가 좀 불안하대서. 여하튼 고향 집도 동생도 그대로
라 기뻤어! 그럼 안녕!'

둘이 더 늦기 전에 안락한 새 보금자리를 찾을 수 있기를,
우리를 잊지 않고 찾아와준 바비에게 다시 한번 감사하며
나도 미련 없이 루시와 바비를 떠나보냈다. 황두는 이제 담
모퉁이에서 기다리고 있다가 밥그릇을 가지러 가는 우리를
마중 나오기에 이르렀다.

어느 겨울, 발이 시린 새벽이었다. 카디건을 걸치고 남편
과 뜨거운 보이차를 나눠 마시는데 천장에서 우당탕탕, 다
다다다, 드르르 드르르, 다다다탓! 소리가 들려왔다.

"나 저 소리 아는데."

남편은 '무슨 소리가 들린다 그래?'라는 얼굴로 날 보았다.

"저 소리, 쥐가 뛰어다니는 소리다? 교토에 살 때 딱 저런 소리가 들리더니 다음 날 큰 생쥐가 집 안에 나타났어."

남편은 "응"이라고 하지만 어쩐지 흘려듣고.

"그런데 왜 이 시간에 쥐가 뛰어다닐까. 고양이에게 쫓기는 거겠지. 그렇담 왜 이 시간에 고양이는 쥐를 쫓을까."

엊그제 사료에 가쓰오부시를 뿌려주었는데. 황두가 또 보은을 하려나 보다. 아이고 황두야. 가엾은 생쥐야.

날이 밝아 보현과 산책을 떠나려는데 마당의 디딤돌 한가운데 중지만 한 생쥐가 놓여 있었다. 생쥐를 장미 옆에 묻고 마당의 달리아 한 송이를 바치면서 생각했다.

'오늘은 황두를 만나면 내 마음을 전해야지.'

밭에서 돌아온 남편이 외투 주머니에서 귤을 꺼내 부처

님 상 위에 얹어놓고는 기쁜 소식을 전했다.

"일하다가 그냥 한번 귤을 먹어봤는데, 너무 맛있는 거야! 지금 팔아도 될 만큼. 큰 걱정은 안 해도 되겠어. 하나도 맛볼래?"

설마 10월인데. 의아해하면서도 호기심에 차서 맛본 귤은 오오, 새콤새콤하고 여운이 남는 진한 향내를 풍겼다. 우리가 해드린 게 참 없는데. 다행이다. 그리고 과분하다. 이 건강한 맛은. 가을장마가 길어져서 올가을 농사는 거의 손을 놓고 있었다. 나무 선생님들께 죄스러운 마음이 컸는데 이렇게 알차고 맛 좋은 귤을 덜컥 받아도 되는 걸까? 나도 모르게 두 손을 모아 귤을 인 부처님 상에 꾸벅 절을 했다.

그날 밤, 무지갯빛 저녁노을이 내려앉은 담 아래서 나를 기다리던 황두에게 "생쥐 잘 받았어. 애써 큰 선물을 마련해줘서 정말 고마워. 그런데 앞으로는 꼭 보은 안 해도 돼. 네 마음 잘 알고 있거든" 하고 말해줬다.

그날 이후로 갸륵한 황두는 내게 보은하지 않았다. 대신 남편에게 했다. 보현의 소고기 야채볶음 국물에 밥을 말아준 남편에게 다음 날 남편 손바닥만 한 어른 쥐를 소나무 아래 놓아주었다.

반드시 우리가 준 것보다 더 큰 선물로 보은하는 황두와, 동생의 아픈 기억이 남아 있음에도 고향 집을 다시 찾아와 준 바비와, 과분할 정도로 충분한 열매와 달콤함을 선사하는 귤나무 선생님들께, 나는 어찌해도 제대로 보은할 순 없을 거라고 느끼면서 남은 가을 농사, 추위에 약해지지 말고 할 수 있는 모든 걸 해야겠다고 다짐했다.

북 서 풍 을 타 고
겨 울 이   왔 다

입동이 지나자 기온이 뚝 떨어져 단 하루 만에 제주는 겨
울 날씨가 되었다. 시어머니가 겨울 교복이냐고 놀리는 롱
패딩을 꺼내 입고 보현과 아침 산책을 나섰다. 두터운 회색
구름이 하늘을 덮었다. 가까운 하천가에 차를 세우고 보현
과 돌다리를 건너는데 강한 북서풍에 패딩의 똑딱단추가
저절로 터졌다. 돌다리 어딘가에서 북서풍의 노래가 들려
왔다. 휘이이 휘이이 피이이. 피리 소리 같기도 하고 영혼들
이 흐느끼는 소리 같기도 하다.

옷깃을 여미며 찌푸린 얼굴로 다리 아래 물가를 봤다. 청

둥오리, 흰뺨검둥오리 가족이 어느새 하천에 터를 잡고 물살을 가르며 놀고 있다. 제비들은 마침내 남녘으로 떠나갔고, 누렇게 마른 억새는 북서풍에 쏠리자 멥쌀 씻는 가벼운 소리를 냈다. 산간에는 대설주의보가 내렸다. 한라산 정상이 먹구름에 가려서 잘 보이지 않았다. 겨울이 왔다. 우중충한 날씨가 끈질기게 이어지는 제주 서쪽의 겨울이 습한 북서풍을 타고 내 뼈 속까지 스민다.

크리스마스트리의 따스한 전구 같은 밀감이 지금 귤나무에 달려 있지 않다면 나는 이런저런 핑계를 대며 등교를 게을리했을지도 모른다. 하지만 우리의 귤들이 모진 바람 속에서도 착실하게 익어가고 있다. 이렇게 움츠러들 순 없지! 지금까지 11월은 가을 방학처럼 쉬어가는 달이었지만, 올해는 수확 직전까지 등교하기로 한다. 지난 가을장마 때 손대지 못한 밭일을 뭐라도 해서 보충하고 싶다.

입동 전날에 미생물 발효액을 나무뿌리로 흠뻑 흘려보내준 건 잘한 일 같다. 호스를 통해 새콤하게 발효된 청국장 요구르트가 하얀 거품과 함께 뿜어져 나오는 모습을 보고 남편은 샴페인을 터뜨린 것 같다며 즐거워했다. 공식적인 가을 농사는 이렇게 끝을 맺었다. 우리도 샴페인이라도 따야 하는데 지금 내 몸에 발진이 심해서 그럴 수 없는 게 안타깝다.

며칠 전 밭에서 덩굴을 걷다가 이름 모를 곤충에 물리고 말았는데, 모기 물린 데와는 다르게 좀체 가라앉질 않고 극심하게 가려워서, 특히 자다가 피가 날 때까지 긁곤 한다. 길게는 몇 개월간 딱지가 지고 떨어지기를 반복하며 술을 마시면 더 간지러워진다. 간지럼 요괴들이 내 몸속 혈관을 타고 돌면서 짓궂게 날 놀려대는 것만 같다. 남편도 나도 농사를 지어온 후로 올해 처음 겪는 일이라서 원인과 대책을 찾으려고 많이 노력했다. 그러나 최대한 몸을 가리는 것 말고는 아직 뾰족한 대책을 찾지 못했다.

친환경으로 농사를 짓는 어떤 농부든 나와 비슷한 어려움을 안고 농산물을 키워내고 있겠지. 장터에서 농산물 하나하나가 귀해 보이지 않을 수가 없다. 농사를 지어보면 농산물이 그리 보이고, 책을 만들어보면 책이 그리 보이고. 그래서 수고로운 경험은 필요하고 중요한가 보다.

올해는 귤이 예년보다 일찍 익어가고 있어서 수확 시작일을 12월 첫날로 박아놓았다. 나는 마치 경기 출전을 한 달 앞둔 선수처럼 체력 관리를 하는 건 물론이고, 수확기 풍경을 머릿속에서 시뮬레이션으로 돌리며 수확>포장>발송 단계별로 필요한 준비를 해간다.

예상 수확량은? 5톤. 10킬로그램 500박스 분이다.

그중 예쁜이 귤과 들쑥날쑥 귤의 비율은? 약 1대 1.

가장 맛 좋고 고른 크기의 귤은 예쁜이 귤, 크기와 모양이 개성 넘치는 귤은 들쑥날쑥 귤이라고 이름을 붙였는데, 올해도 들쑥날쑥 귤은 경제적인 가격에 판매하고 수익은 부산 알로이시오 마리아수녀회에 기부하기로 했다. 통상적인 기준에 못 미친다는 이유로 시장에서 제외되는, 그러나 똑같이 사랑받고 자란 귤을 데려가는 분들과 선한 기쁨을 한 번 더 나누고 싶은 이유에서다.

다음으로 포장 디자인을 고민했다. 가능한 한 친환경으로 제작하고 싶었다. 팸플릿과 편지에는 농원의 가치와 이미지를 담기로 했다.

"편지에는 어떤 말을 적어야 할까?"

"올해 농사 이야기. 날씨 이야기. 예쁜이 귤과 들쑥날쑥 귤에 대한 설명은 빠지면 안 될 것 같아."

내 물음에 남편이 대답했다. 그렇네. 올해는 짧은 여름 장마 뒤에 긴 가을장마가 찾아왔었다. 그리고 앞서 말했던 이름 모를 벌레들이 유난히 밭으로 모여든 한 해였다.

"우리가 점점 위험해지고 수고로워지고 있다는 말, 써도 되겠지?"

"그럼. 있는 그대로 전하자. 농사가 마냥 동화 속의 예쁜 일만은 아니잖아."

유난히 많은 벌레가 찾아온 한 해였습니다.

해가 거듭될수록 농원이 점점 더 야생에 가까워지나 봅니다.

과수원이 야생에 가까워질수록 농부는 더 수고롭고 위험해지기도 합니다.

저희 부부는 손으로 일일이 풀을 베고 덩굴을 걷으며 한 해를 보냈습니다.

메뚜기, 베짱이, 반딧불이, 무당벌레 같은 친구들을 보면 차마 예초기를 돌릴 수 없었으니까요.

여름 장마는 짧고 가을장마는 긴 해였습니다.

가을볕이 부족했지만 이렇게 알차고 건강한 귤이 자랄 수 있었던 건

온갖 풀과 곤충, 미생물이 다 함께 힘을 내어 귤나무를 도와준 덕분입니다.

나무는 열매로 이야기를 들려줍니다⋯⋯.

이런 내용을 담은 편지를 들고서 팸플릿 제작 회의를 하러 디자인을 맡은 윤아 씨의 집으로 갔다.

아름답게 정돈된 제주 옛집에서 윤아 씨가 구기자차를 끓여놓고 우리를 기다리고 있었다. 창밖으로 흔들리는 마른 억새를 바라보며, 뜨거운 구기자차도 홀짝홀짝 들이켜면서 우리는 여러 가지를 논의했다.

"지금까지는 주 고객이 어머니 지인들이라 글자 폰트도 크게, 사진도 크게, 문구도 간단명료하게 넣었는데요, 이제는 팸플릿에 관심을 가져주는 분들을 대상으로, 그리고 무엇보다 저희 마음에 들게끔 디자인하고 싶어요."

"친환경 종이나 인쇄 방식에는 어떤 게 있을까요?"

"농원 사진을 웹에서 세밀화처럼 바꾸는 작업이 가능할까요?"

윤아 씨는 본인이 아는 선에서 빠르고 정확한 대답을 들려주었고, 다음 회의 때는 얼추 정해진 시안을 검토하기로 했다. 채식을 지향하는 그녀가 갖은 푸성귀와 두부 부침, 강원도 머위 막장이 올라간 채식 한 상을 차려주어서 든든하게 먹고 고구마도 한 봉지 가득 받아서 돌아왔다. 단정한 박스만 잘 구하면 우리의 귤에 어울리는 옷을 입혀서 떠나보낼 수 있을 것 같다.

올해 농원은 해거리를 해서 귤이 얼마 달리지 않아도 이상하지 않은 상황이었다. 그런데 나무 선생님들은 작년에 다산을 하고도 절반가량의 자식을 다시 잉태했다. 오두막 위에서 가지가 늘어질 정도로 탐스럽게 매달린 귤들을 내려다보며 친구들에게 도움을 청해야겠다고 생각하는데 마침 화정 씨로부터 전화가 왔다. 목소리만 들어도 든든하다.

"하나 씨, 올해도 꽤 많이 달렸던데요. 도와드려도 괜찮은 거죠?"

"저희야 정말 감사하죠!"

시급 15,000원이 너무 많은 것 아니냐며 우리 형편을 걱정해주는 속 깊은 친구다.

전 모두 간다고 생각해주시면 됩니다.

동원 씨가 바로 답장을 쳤다.

저도 즐거운 마음으로 가서 도울게요.
이래 봬도 귤 따기 3년 차니깐요!

시내 씨의 밝은 목소리가 들리는 듯했다.

저는 잘 쉬고 있으니 몸도 점점 나아질 거예요.
12월에 하나 씨네 귤 따러 가려면 열심히 더 건강해져야죠. 헤헤.

관절이 아픈 윤정 씨가 놀랍도록 다정한 문자를 보내왔다.
그들이 시간을 아껴가며 얼마나 자기 일에 열심인 사람

들인지 알고 있기에, 부르면 기꺼이 달려와주는 마음이 진심으로 고맙고 미안하기도 하고, 그러면서 안도하게 된다. 올해도 친구들에게 의지하면서 즐겁게 수확할 수 있겠다.

어서 12월이 왔으면 싶기도 하고, 남은 11월 하루하루가 아깝기도 하다. 마른 풀을 헤치며 밭길을 거닐자 귤을 쪼던 멧비둘기 떼가 하늘로 날아올랐다.

소 설

　동백 씨앗의 껍질을 까서 방앗간에 가져가 기름을 짰다. 참기름보다 은은하고 생들기름만큼이나 깨끗하게 고소하다. 얇게 썬 햇둥근마와 사과, 샐러리 위에 가는소금을 함께 뿌려서 오늘 저녁 샐러드로 내기로 했다. 그러는 중에도 틈틈이 농원 전용 폰을 확인했다. 어제부터 예약 주문을 하겠다는 문자가 끊이질 않는다. 오래 기다렸다는 분이 많다. 매년 주문해줘서 기억나는 이름도 여럿이다.

　감사한 마음을 담아 답장을 보내고, 주문서 작성에는 실수가 없도록 매의 눈으로 파일을 확인한다. 며칠 전엔 이 고마운 분들께 하마터면 귤을 보내드리지 못할 뻔한 일이 있어서 가슴을 쓸어내리기도 했다. 친구들에게 이 이야기를 들려주면 웃음을 터뜨리며 아무도 믿지 않겠지. 그렇지만 나는 그날 참말로 쿵 떨어진 심장을 다시 주워 담아야 했다.

요즘 우리 농원은 새하얀 귤꽃이 만개할 때만큼이나 아름답다. 주황빛으로 무르익은 동근 귤이 가지가지마다 매달려서 주변의 황량한 겨울 풍경에 따스한 빛을 던진다. 꼭 크리스마스트리 같다. 농원에 도착하면 가시 돋친 제주진득찰을 피해서 안으로 한 걸음씩 떼며 귤들과 눈을 맞추고 반갑게 인사한다.

"오늘은 조금 더 예쁘게 익으셨네요!"

이때 내 말소리에 뜨끔하며 놀라 달아나는 아이들이 있으니 바로 멧비둘기들이다. 난 그들이 왜 뜨끔한지 이미 알고 있다. 멧비둘기가 떠난 나무에는 부리로 콕콕 쪼아 구멍 난 귤이 달려 있다. 예쁜 귤 중에서도 특히 예쁜 귤, 맛도 크기도 가장 좋은 귤들만 골라서 파먹는다. 아, 어찌 알까? 처음에는 '멧비둘기하고도 당연히 사이좋게 나눠 먹어야지'

라고 생각하며 인심 좋은 농부의 마음으로 그들을 너그럽게 대했으나, 날이면 날마다 멧비둘기가 떼로 달려드는 모습을 보고 슬금슬금 초조해하면서 오늘은 몇 마리나 있었는지 세게 됐다.

'이러다가 진짜 팔 게 없는 거 아니야?'

소설 전전날에는 농원에 가서 멧비둘기를 쫓아내며 이렇게 외쳐버렸다.

"얘들아, 좀 봐줘라! 귤 하나도 안 남겠다! 사람들은 이미 주문해놓고 목 빠지게 기다리고 있단 말이야!"

멧비둘기들은 내 목소리가 평소와 달랐던 걸 눈치챘는지 그날은 먼 하늘로 떠나서 한 마리도 되돌아오지 않았다.

내가 좀 심했나. 새들을 날려버린 건 처음이라 귀갓길 내내 마음이 좋지 않았다. 여하튼 돌아와서는 보현에게 인사를 건네고 책상에 앉아 그사이 들어온 주문을 정리하는데 누가 '너무 맛있어서 그만. 죄송했습니다'라는 문자를 보냈다.

뭐야, 이 와중에 장난 문자는.

나는 무심히 넘겨버리고 저녁때까지 주문받는 걸 이어 갔다. 그런데 아까 장난 문자를 보낸 번호에서 다시 문자가 왔다.

예쁜이 귤 한 박스 주문합니다.

받는 이: 우리

연락처: 010-999-9999

주소: 제주시 한경면 산 99-9, 골드팰리스 꼭대기층 (우편번호 없음)

메모: 배송 불가 지역이라 아마 직접 배달해줘야 할 겁니다. 입금은 후불로 하겠습니다. 올해는 이 한 박스로 어찌저찌 겨 울을 나보겠습니다. 잘 부탁합니다. 구구.

정말 특이한 주문자였다. 배송 불가 지역에 살면서 집 앞 까지 배달해달라니. 무시할까 했지만 그게 또 마음처럼 쉽 지 않았다. 너무 맛있어서 그만 배송 불가 지역까지 배달해 달라고 청하고 있지 않은가.

다음 날 이른 오전에 우체국에서 배송 불가 지역임을 재차 확인한 뒤, 나는 직접 차를 몰고 내비게이션이 가리키는 길을 따라 중산간으로 올라갔다. 전날까지 포근했던 날씨가 급변해서 북서풍이 불어닥치고 하늘에는 먹구름이 항해하는 배처럼 빠르게 흘러갔다. 맑은 하늘과 꾸물꾸물한 잿빛 하늘이 차창 너머 교대로 찾아왔다. 그런 하늘 먼 데서부터 웬 새의 무리가, 하늘을 새까맣게 뒤덮을 정도로 많은 멧비둘기 떼가 날개를 펄럭거리며 내 쪽을 향해 빠르게 날아왔다. 그들은 순식간에 내 머리 위를 스치듯 지나서 아랫 마을로 곧장 내려가며 멀리멀리 사라졌다.

'방금 무슨 일이 벌어진 걸까. 멧비둘기도 철새였던가?'

텃새이면서 소가족 생활을 하는 걸로 알았던 멧비둘기가 떼 지어 이동하는 진기한 풍경을 목격하고는 순간 머릿속이 텅 비어 내가 뭘 하려고 했는지도 까먹었지만, 이내 정신을 차리고 차를 몰아서 목적지가 가리키는 숲 입구까지는 무사히 도착할 수 있었다.

'여기서부터 400미터라.'

숲속은 햇살이 내려와서 밝았다. 나는 운동화 끈을 고쳐 매고 오른 옆구리에 귤 박스를 꼈다. 그리고 마른 솔잎에 미끄러지지 않도록 주의하며 발걸음을 옮겼다. 직박구리가 놀라서 달아났다. 수크령과 하얀 억새와 마른 열매를 매단 찔레밭을 헤치고 들어가자 삼나무 아래로 조릿대가 번진 고요한 길이 나왔다. 새들의 노랫소리는 멀어지고, 사면을 타고 불어오는 바람에 조릿대가 쓸리는 소리를 듣고 있자니 하늘에서 눈송이가 떨어져도 이상하지 않을 것 같은 기분이 들었다. 손끝이 시렸다. 어서 배달을 마치고 따뜻한 집으로 돌아가고 싶었다.

목적지를 100미터 앞두고 가파른 바윗길을 만난 나는 다리에 힘이 풀려서 주저앉고 말았다. 그렇지만 여기까지 왔는데 돌아설 순 없는 노릇이었다. 박스를 껴안고 바위 위로 한 발 내딛고. 숨 돌리고 다시 한 발 내딛고. 왼 옆구리에 귤 박스를 끼고 오른손으론 밧줄을 붙잡았다. 가끔은 바위에 무릎을 찧어가면서, 마지막에 나타난 서어나무 숲길에서는 박스를 등에 업고 꼬부랑 할머니가 되어, 땅 위로 드러난 서어나무의 울퉁불퉁한 뿌리들을 휘청휘청 넘어가면서 겨우 앞으로 나아갔다. 내복이 땀으로 흠뻑 젖고 말았다.

'다 왔다!'

귤 박스를 내려놓고 허리를 펴며 50미터 눈앞의 골드팰리스를 바라보았다. 깊고 높은 산등성이에 황금으로 지은 대저택이 진짜 있을 줄이야! 하늘에서 황금이 바람을 타고 팔랑팔랑 떨어지고 있었다. 발아래로 수북이 쌓인 황금들이 바스락바스락 소리를 내며 한쪽으로 쓸려 뒹굴었다. 시야를 가득 채운 금빛에 눈부신 나머지 제대로 눈을 뜨는 데 시간이 필요했다. 흐릿했던 정신이 점차 또렷해지고, 서어나무의 아름다운 낙엽들의 형상도 또렷해졌다. 큰 바람이 일자 말라버린 황금들이 내 머리 위로 우수수 쏟아져 내렸다.

그때 낙엽 위로 드러난 폴더폰 하나를 발견했다.

'이런! 누가 떨어뜨렸나 봐.'

허리를 굽혀서 열린 폰을 집으려는데 뭔가 이상했다. 자판이 온통 뭔가에 쪼인 흔적으로 가득했고 멧비둘기 발자국도 더러 찍혀 있었다. 주변을 휙휙 살피자 풀씨와 팥배나무 열매, 잣, 솔방울, 동백 열매, 새의 깃털과 똥 따위가 어지럽게 흩어져 있었다. 멧비둘기들이 핸드폰을 쓴다고? 우리 집의 바비를 보고 멧비둘기는 우리가 생각하는 것 이상으로 영특하다는 걸 알고는 있었지만, 이 정도일 줄은 몰랐는데! 앗?

나는 010-999-9999로 전화를 걸었다. 내 눈앞의 폴더폰이 "구구구, 구구구" 하고 울었다.

'하아, 속았다! 녀석들이 날 여기로 보내놓고 다 같이 귤 파티를 하러 농원으로 내려간 거였구나!'

이때 내 심장이 바닥으로 쿵 떨어져버렸다. 멧비둘기들이 야속해서 닭똥 같은 눈물을 뚝뚝 흘리며 낙엽을 발로 차다가 이내 울음을 뚝 멈추고 심장을 주워 담으며 마음 정리를 하려고 애썼다.

'울어봤자 소용없는 일인걸! 그렇지만, 기다리는 분들께 는 뭐라 말씀을 드려야 할까. 훌쩍. 아무도 믿지 않을 거라 고, 아무도. 훌쩍.'

옷소매로 눈물을 훔치면서 멧비둘기들의 안식처를 다시 둘러보았다. 참 먹을 만한 게 없었다. 아름다운 금빛 낙엽 이 수북이 쌓여 있대도 우리나 멧비둘기나 낙엽만으론 살 아갈 수 없다. 그리고 초겨울인데도 산속 공기는 시렸다. 우리의 귤 한 알이 그들에게 얼마나 크고 귀한 양식일지 알 것 같았다.

'그래. 올해는 너희에게 귤을 준 해로 기억하마. 정말 평 생 잊지 않을 거다. 겨울 동안 굶지 말고, 아프지 말고 모두 무사하기를 빈다.'

나는 귤 박스를 칼로 찢어 열어두고 산을 내려왔다. 내려 오는 동안 마음이 어느 정도 정리되고 심지어 홀가분해지 기까지 했다. 멧비둘기들한테 고마운 마음도 생겼다. 그들 이 아니었다면 정신없는 수확기에 내가 어찌 땀 흘리며 높은 산을 오르고 서어나무 숲의 금빛 속살로 들어가볼 수 있었겠는가.

소설 날이 밝았다. 고객께 드릴 말씀을 여전히 찾지 못하고 밤새 뒤척인 나는 퀭한 눈을 하고 농원으로 갔다. 하늘에는 은빛 광택이 도는 두터운 구름이 껴 있었다. 농원 입구에 도착했는데 왠지 모를 정적이 나무와 나무 사이에 감돌았다.

'그렇겠지. 녀석들은 볼일 다 보고 진즉 떠났을 테니.'

나는 오른쪽 열부터 한 그루씩 나무 선생님께 사정을 설명하면서 뽕뽕 구멍 나 있을 귤들을 뒤집어보았다.

'어? 멀쩡하네?'

둘째 열도, 셋째 열도, 귤나무에는 잘 익은 귤들이 온전한 얼굴로 매달려 있었고, 정낭 아래에 핀 올해의 마지막 코스모스 두 송이와 돌담에 감긴 허연 사위질빵 홀씨도 어제 모습 그대로였다.

　그러다가 오두막 곁의 아름드리 동백나무 아래서 발견한 것이다. 산처럼 수북하게 쌓인 햇동백 열매를! 꿀까지 고스란히 예쁜 동백꽃과 잣과 상수리 열매도 뒤섞여 있었다. 보드라운 멧비둘기의 깃털들도 열매 더미 위로 사뿐히 내려앉아 있었다. 그들을 의심했던 내가 부끄럽고 또 고마워서 빨개진 볼을 두 손으로 감싸며 몸 둘 바를 모르고 정신없이 웃었다. 귤나무 선생님들도 잎사귀를 흔들면서 깔깔깔 웃으셨다. 은빛 하늘에서 거짓말처럼 하얀 진눈깨비가 내려와 나뭇잎과 내 어깨를 톡, 톡, 두드렸다.

수확

大 대
雪 설

귤을 거두는 달. 올 것 같지 않았던 12월이 왔다. 12월 첫
날부터 수확하기로 날을 잡아놨는데, 비가 내리는 바람에
이틀을 미뤘다. 그사이 농원 엽서 세트가 도착했다.

"귤과 카카오 재생지를 썼어요."

윤아 씨가 말했다. 엽서를 자세히 들여다보니 가랑눈 같
은 티끌이 보인다. 귤나무가 종이가 되어 그 위에 자기 이야
기를 쓰고, 내줄 수 있는 달콤함은 전부 다 열매에 담아서

사람들한테 전한다. 이보다 값진 일이 세상에 얼마나 더 있을까?

비가 오락가락 내리는 12월 2일에는 남편과 함께 농원으로 가다가 큰 무지개를 만났다. 지평선에서 올라와 지평선으로 내려가는 완전한 아치형의 일곱 빛깔 무지개.

"일곱 색이 아닌데?"

어? 진짜다. 보라 다음에 다시 녹색이 보였다.

"저런 무지개는 태어나서 처음 보네. 이름이 있을까?"
"있다는데! 저건 수확 직전 무지개래. 수확 직전에 저 무지개를 만나면 열매 맛이 더 깊어진대. 그리고 한 알도 빠짐없이 온전하게 사람들 품에 안긴대."

남편이 끄덕끄덕 미소를 지었다.

'정말 그럴 수만 있다면……'

나는 무지개를 마음속으로 옮기며 한 번 더 소원을 빌었다.

12월 3일.

포근하고 밝은 하루가 될 것 같다. 친구들과 9시에 귤 창고 앞에 모여서 커피와 찐빵, 카카오파이로 참을 먹으며 간만에 서로의 안부를 물었다. 만화가, 디자이너, 건축 도면 기사, 예술 창작 그룹, 식물연구소장, 프로그래머, 음악가. 다양한 직종의 전문가들이 오늘만큼은 농부가 되어 한마음으로 일하기로 했다. 역할을 나눠서 절반 이상은 귤을 따고 선별 작업에 숙련된 화정 씨, 윤아 씨는 나와 남편을 도와 포장 작업을 하기로 했다.

"자, 시작 전에 다 같이 외칩시다, 꼭지 바짝!"

"꼭지 바짝!"(귤 꼭지가 튀어나와 다른 귤을 상하게 하지 않도록 가위로 꼭지 부분을 바짝 다듬으라는 뜻.)

"선별은 예약 주문량에 맞춰야 하니 특히 예쁜이 귤은 모자라지 않도록 신경 써주세요!"

신경은 쓰겠는데 어려운 일이다. 헷갈리는 건 윤아 씨도 화정 씨도 마찬가지인 모양이다. 친구들과 의논하며 '내가

예쁜이 귤 주문자인데 이걸 받으면 어떨까?'를 상상하고 주
관적인 기준으로 예쁜이 귤과 들쑥날쑥 귤을 나누었다. 선
별한 귤 컨테이너를 남편에게 보냈더니 손에 귤 몇 알을 들
고 다시 돌아와서 말했다.

"이건 예쁜이 귤로 보이는데요."

오두막 위로 화목 난로의 연기가 피어오르고, 친구들은
한 사람씩 한 그루의 나무 안으로 들어가서 가위로 귤을 딴
다. 광주리에 귤들이 툭, 툭, 떨어지는 소리와 무거운 귤을
떨군 가지가 가뿐하게 몸을 터는 소리가 여기저기서 규칙
적으로 들려온다. 귤을 따다가 문득 올려다보는 파란 하늘,
나뭇가지를 헤치다가 발견하는 새의 둥지나 매미 허물은
보물을 찾은 것처럼 기쁘고, 광주리에 가득 담겨 온 귤들과
쉬는 시간에 바지와 털모자에 고슴도치처럼 풀씨를 묻히고
나타나는 친구들의 모습은 수확기에만 만날 수 있는 진풍
경이라서, 나는 지금 이 순간을 좋아하고 또 애틋하게 여기
게 됐다.

올해는 유독 많은 손님이 찾아왔다. 자녀를 동반한 부부,

남편 선후배, 친구, 친구의 친구들. 모두가 일손을 거든다고 바쁜 시간을 쪼개서 와줬는데, 고백하자면 작업의 효율과 정확도 면에선 큰 도움이 되지 않는다. 그렇지만 우리는 한 분도 마다 않고 기꺼이 맞았다. 특히 아이들에게 농원에서 보낸 하루, 이틀의 시간이 훗날 얼마나 신비롭고 즐거운 추억으로 남을지 생각하면 거절하고 싶지 않다. 어릴 적 외삼촌, 외숙모가 순천에 있는 외할머니 댁으로 나를 초대해, 냇가에서 물뱀이 슬리퍼 아래로 지나가던 감촉이나 대청에서 수박을 먹으며 밤하늘의 별을 헤아리던 기억을 남겨주셨던 것처럼 말이다.

그렇지만 초대는 초대고, 일은 일이다. 선별과 포장과 발송 단계에서 실수가 있어서는 안 된다. 정신 줄을 단단히 붙들고 아이들의 말에 맞장구를 치면서도 귤 상태와 엽서 세트, 도장, 송장 검수를 놓치지 않고 확인했다. 시헌과 주헌은 여름에 왔을 때보다 그새 더 자라서 힘들면 알아서 쉬어도 가고("제가 고관절이 안 좋아서요."), 늠름하게 수확 일을 도왔다. 그날 손님맞이로 동공이 풀린 남편의 어깨에 난 두 손을 얹고 부탁했다.

"내일 도원과 윤하를 잘 부탁하오."

허허허, 웃는 남편의 눈이 보이지 않을 만큼 까마득해진다.
그다음 날, 작년 겨울에 남편을 말로 변신시켜 리어카를
끌게 하고 귤밭을 내달리던 도원과 윤하가 소리치며 나타
났다.

"귤 삼촌!"

하늘의 도움으로 믿기지 않을 만큼 푹하고 밝은 날이 이
어졌고, 우리는 추위에 떨지 않고 며칠을 연달아 작업할 수
있었다. 그러다가 막바지에 이르러서 빨간불이 켜졌다.

"진짜로 예쁜이 귤이 모자라요! 다시 선별해주세요!"

안 되겠다. 선별 팀은 예쁜이 귤과 들쑥날쑥 귤의 교집합
에 속하는 아이들을 하나하나 맛보면서 일했고, 내린 결론
은 이랬다. 껍질이 조금 두껍든, 돌처럼 딱딱하든, 푸르뎅뎅
하든, 과육과 겉껍질이 밀착되어 있으면 맛은 괜찮다! 가장

맛이 떨어지는 건 껍질이 들뜬 아이다. 그러니 껍질이 들뜬 아이는 들쑥날쑥 귤이 되거나 파치가 되고, 다른 아이들은 사이즈만 맞으면 예쁜이 귤이 된다. 외양보다는 역시 맛인 것이다.

그리하여 애프터서비스 귤까지 넉넉하게 남겨두고 4톤이 넘는 예약 주문량을 맞출 수 있었다!

"이쪽 열 클리어!"
"여기도 다 땄어요!"
"너희 줄 건 이제 없다!"

12월 7일 대설 날 오후, 삼나무 위에서 새들이 요란하게 항의하는 가운데 우리는 귤을 모두 거두고 발송까지 마쳤다. 다 같이 박수를 치고 서로의 등을 토닥이며 어디선가 또 만날 날을 기약하고는 흩어졌다.

친구들을 먼저 보내고 혼자 남아서 뒷정리를 한 뒤 마지막으로 입구의 정낭을 걸었다. 큰 눈을 녹여버릴 것 같은 따스한 겨울 볕을 등지고 새들도 떠난 고요한 농원에서 고개를 숙이고 기도를 드리는데 뜨거운 것이 눈 안쪽과 가슴 깊

은 데서부터 차올랐다. 이 울컥함은 뭘까. 해냈다는 성취감
도 아니다. 마냥 기쁘고 행복한 것도 아니다.

한없이 한없이 밀려오는 안도감과 감사함이다. 아무도
다치지 않았다. 친구들이 있어서 버틸 수 있었다. 귤을 전부
무사히 떠나보냈다. 나무들이 올해도 꿋꿋하게 버티며 힘
을 내주었다. 너무 많은 일을 했으나 정작 내가 한 건 한 가
지도 없는 것 같은, 다시 '0'으로 돌아온 듯한 기분이다.

찬준. 금영. 화정. 윤아. 브루스. 공리. 원희. 창현. 로사. 유
진. 혜린. 록담. 동원. 은혜. 효진. 신애. 새봄. 문경. 스텔라
장. 선휴. 윤하. 도원. 시헌. 주헌. 영호. 정희. 성민. 규리. 마
음으로 함께한 기연. 윤정. 그리고 종일 혼자서 집을 지킨
보현. 모두 고생하셨습니다. 감사합니다.

무제

많은 분에게 귤이 참 맛있다는 연락을 받았다. 이 말을 들을 때마다 수확 직전 무지개가 마음속에서 되살아난다. 4톤가량 떠나보낸 귤들도 전부 무사히 사람들에게 전해졌다.

'소원을 들어주셨구나.'

들쑥날쑥 귤 수익금을 부산 알로이시오 마리아수녀회로 보내고, 남은 들쑥날쑥 귤 19박스도 마저 보내드렸다. 마르타 수녀님이 고맙다는 인사와 함께 "열매는 20일에 전국으로 나누어질 겁니다" 하고 말씀하셨다. 가본 적 없는 세상 곳곳으로, 이름 모를 사람들의 손안에 한 알, 한 알 전해질 귤을 상상하며 미약하게나마 우리가 서로의 온기로 이어져 있다는 걸 느낀다.

차가운 날에 시린 바람을 타고 율무 같은 눈이 내렸다. 농원에 가서 초록 잎사귀를 조금 늘어뜨린 귤나무 선생님 품에 안겼다.

"귤들이 참 맛이 있대요……. 수녀님이 널리 고르게 나누어주시겠대요……."

겨울 동안 마음 놓고 행복한 꿈을 꿀 수 있도록 선생님들께 열매 이야기를 속삭였다.

보현이 생일을 맞기 전에 병원에 가서 정기검진을 받았다. 혈액검사의 모든 수치가 좋았다.

"우리 보현이 대단하네요! 약을 그렇게 오래 먹고도. 고기 간식만 조금 줄여주세요. 축하합니다!"

보현도 선생님의 표정을 읽고 기분이 밝아져선 깡! 깡! 짖으며 선생님께 간식을 달라고 보챈다. 우리는 보현의 혓바닥 위 종양이 다시 눈에 띄게 커진다 싶을 때 수술을 하기로 약속했다.

무구 이현주 선생님이 마지막 꽃 수업을 마치고 화분 하나와 'Open your mind to every form of beauty'라고 적힌 쪽지 한 장을 건넸다. 화분의 포슬포슬한 흙에 감싸인 하얀 알뿌리에서 돌고래 입같이 뾰족하고 매끈한 새순이 올라오고 있었다. 구근을 마당에 심고 물을 흠뻑 주었다. 힘내. 너의 아름다움을 기다릴게. 새순과 입을 맞췄다.

보현의 생일이 돌아왔다. 우리 셋은 내내 꼭 붙어서 보현이 사랑하는 정원을 산책하고 카페에서 에그타르트를 즐긴 후, 집으로 돌아와선 선물받은 산타 양말에 선물받은 간식을 숨겨서 숨이 찰 때까지 보물을 찾았다. 꿀잠을 자고 일어난 보현은 저녁 코스 요리로 야채도 듬뿍, 역시나 빠질 수 없는 고기도 듬뿍 먹었다. 보현은 하얀 아래 송곳니를 드러내고 진심으로 기뻐하며 물었다.

"오늘 대체 무슨 날이길래 이렇게 종일 즐거워?"

어느 틈에 바깥이 어두워졌다. 낮 동안 파도처럼 일었던 들뜸과 시끌벅적함과 분주함이 사그라들고 나의 영혼도 밤바다 속의 깊고 고요한 진리를 원했다. 책상 위의 스탠드를 켜고 쌓여 있는 책들의 책장을 연다. 세상의 아름다운 존재들이 깨어나서 내게 말을 건다. 농사로 분주했던 지난 세계절 동안 이 시간이 사무치게 그리웠다. 당분간은 밤이 찾아오면 감미로운 정적과 어둠 속에서 책에 파묻혀 지내고 싶다.

보현이 내 방으로 걸어와서 나를 빤히 올려다본다. 읽던 책의 책장을 덮고 나도 보현의 투명한 눈동자를 얼마간 들여다보다가 손가락으로 입을 벌려 종양을 살핀다. 좀 더 솟아서 오른쪽으로 기운 것 같다. 다소 근심 어린 표정으로 보현의 얼굴을 살피는데 보현이 마구 뽀뽀를 해댄다.

"걱정 말아요, 엄마. 초조해하지도 말고요. 그럴 시간 있으면 나랑 더 놀아요! 이 긴 밤에."

내 현명한 아가야, 아무렴, 그래야지! 이 긴 밤에. 나는 보현의 목덜미를 몇 번 부드럽게 쓰다듬어주고 얼룩 다람쥐 장난감을 가지러 간다.

올 성탄절에도 강병수 할아버지가 카드를 보내주셨다. 정확히 일 년 전 이맘때 우리에게 해주신 말씀을 나는 결코 잊지 않고 마음에 새기며 살아왔다. 바람을 타고 절기가 선물처럼 찾아오는, 변화무쌍하게 아름답고 고단하고 즐거운 축제가 이제 저물려고 한다. 할아버지는 귤을 받은 심정을 "기쁨을 아름 아름 선물해줘 고맙다"고 전하셨다. 그러고 나서 이렇게 빌어주셨다.

새해에는 너희 둘만의 노래를 부르며
서로의 모자람을 채워주며 행복하기를 기도한다.

할아버지는 나의 소망을 어떻게 아셨을까?
나는 보배롭고 신비한 카드를 여러 번 읽고 나서 크리스마스트리에 살며시 꽂아두었다. 탁자 위에 놓인 밀랍초에 불을 붙이자 어둑한 거실에 작고 환한 불꽃이 태어났다. 소

리 없이 흔들림 없이 불꽃은 오래도록 타올랐고 밀랍이 천
천히 흘러내렸다.

작가의 말

이 책은 어느 날 생일 선물로 받은 둥근 주머니에서 시작되었습니다. 패브릭 아티스트 정현지 작가가 만든, 하늘의 구름을 떼어온 것 같은 옥빛의 복주머니. 이걸 주신 다정한 벗 이하나 님은 "작은 주머니에 조약돌을 모으는 마음으로/옥처럼 푸르고, 명주처럼 고운 것들을/마음속에 오래 간직하시길" 하고 빌어주었습니다.

그리하여 2021년 1월 소한부터 2021년 12월 동지까지 꼬박 일 년 동안 좋아하는 자연 속에서 하나, 둘, 셋, 하고 모은 푸르고 고운 것들을 글로 꿰어 전합니다.

지구가 태양 주위를 돌며 일으키는 계절과 바람의 리듬에 맞춰서 세세하게 움직이는 만물의 순간을 포착하며 제가 얻은 건 밝은 마음이었습니다. 이유는 자연이 늘 환하고 다정해서가 아니라 때론 매섭고 생명을 앗아갈 만큼 가차 없더라도 모든 순간이 진실한 데 있는 듯합니다. 제가 얻은 마음을 여러분께도 드릴 수 있기를 진심으로 빕니다.

  기꺼이 저를 따라 함께 세상을 모험해준 보현과 계절과 같이 노래해온 남편에게 이 자리를 빌려 감사와 사랑을 전합니다.

2022년 4월

오하나

계절은 노래하듯이

초판 1쇄 발행   2022년 4월 20일

지은이   오하나
펴낸이   강일우
본부장   윤동희
책임편집   김미라 김윤정
사진   오하나
디자인   송윤형
마케팅   윤지원

펴낸곳   (주)미디어창비
등록   2009년 5월 14일
주소   04004 서울 마포구 월드컵로12길 7
전화   02) 6949-0966
팩시밀리   0505-995-4000
홈페이지   books.mediachangbi.com
전자우편   mcb@changbi.com

ⓒ 오하나 2022
ISBN   979-11-91248-57-9 03810